EIN WEIHNACHTSMANN ZUM KÜSSEN

KYLIE GILMORE

Übersetzt von
ANNA DRAGO

Übersetzt von
KATRIN DOLLE

1

„Ich werde ganz sicher *keine* arrangierte Ehe eingehen", sagte Samantha Dixon selbstbewusst zu ihrer Mutter.

Das hier war Amerika.

Das gottverdammte einundzwanzigste Jahrhundert.

„Nun betrachte das doch nicht als eine arrangierte Ehe", sagte ihre Mutter und stellte eine Platte in die Spüle.

Sie waren gerade mit dem Thanksgiving-Abendessen fertig, und sie beide hatten Küchendienst. Samanthas ältere Schwester, Lucia, musste nicht helfen, da sie im zweiten Monat schwanger war und mit ihrer Morgenübelkeit zu kämpfen hatte – was vermutlich der Grund dafür war, dass ihre Mutter es plötzlich für so dringend hielt, ihre dreißigjährige Tochter zu verheiraten. Von wegen vor sich hin welken und so.

Ihre Mutter hob einen Finger und lächelte. „Stell es dir einfach als traditionelle Art des Datens vor."

„Und Heiratens", sagte Samantha. „Die Stelle habe ich laut und deutlich gehört. Ma, das ist lächerlich. Wir sind hier nicht im alten Land. Ich habe auch keine Aussteuer."

Ihre Mutter kam ursprünglich aus Mexiko, und selbst da gab es keine arrangierten Ehen mehr. Ihre Mutter hatte ihren Vater kennengelernt, als der zum Spring Break in Mexiko gewesen war. Es war Liebe auf den ersten Blick gewesen, als sie einander am Strand begegnet waren, wie sie es immer so gerne erzählten. Sie hatten geheiratet, sobald ihr Vater einen Monat später mit dem College fertig geworden war, und er hatte seine neue Braut mit zurück nach Connecticut gebracht. Das war *so* eine romantische Geschichte.

Samantha liebte romantische Geschichten. *Beinahe* hätte sie ihrer Mutter diesen lächerlichen Plan verziehen, weil schließlich der Gedanke zählte. Ihre Mutter wollte, dass sie ein Glücklich-bis-an-ihr-Lebensende bekam, wovon Samantha so oft schon geträumt hatte, inspiriert von den Liebesromanen, die sie geradezu verschlang, und den unzähligen romantischen Komödien, die sie so liebte.

Ihre Mutter war verdächtig ruhig. Samantha sah zu ihr hinüber. Die Lippen ihrer Mutter waren zu einer flachen Linie zusammengepresst. Zur Aussteuer sagte sie nichts.

„Moment mal, habe ich etwa eine Aussteuer?", fragte Samantha.

„Natürlich nicht, aber du hast seit deiner Geburt ein paar Sparbriefe, die den Deal versüßen könnten."

Samantha stöhnte und ließ ihre zunehmend schlechte Laune an der Grillpfanne aus, die sie gerade spülte. „Ich werde mich auf *keine* arrangierte Ehe einlassen."

„Lern den jungen Mann doch erst einmal kennen. Er ist der Sohn meiner Freundin und stammt aus einer guten Familie."

Samantha schrubbte noch fester. „Auf keinen Fall."

Ihre Mutter sprach mit einer Stimme weiter, die ihr sagte, dass sie es ernst meinte. „Seine Mutter und ich haben uns nett unterhalten und sind uns einig. Es ist abgemacht."

Sie ließ den Schwamm fallen. „*Ma*! Ich fasse es nicht! Ich kann mich selbst mit Männern treffen."

Ihre Mutter hob eine Braue. „Ach so?"

Leider sprachen die Beweismittel gegen sie. Nachdem ihre Stelle als Grafikdesignerin in der Stadt letztes Jahr gestrichen worden war, war sie zurück nach Hause gezogen, hatte begonnen, als Freelancerin hart zu arbeiten, und effektiv ihr Liebesleben damit vernichtet. Am meisten sah sie ihren Computer, ihre Eltern und ihre beste Freundin. Ihr Versuch mit dem Onlinedaten hatte abrupt geendet, als sie irgendwie auf eine Liste für Männer, die Frauen mit dicken Hintern suchten, geraten war. Sie hatte nicht einmal einen dicken Hintern, sie war einfach nur kurvig. Gewöhnliche, altmodische Kurven. Grr.

Sie war dazu übergegangen, die Gänge des Home & Tool Baumarktes zu frequentieren und dort auf Männerfang zu gehen (zusammen mit anderen zum Scheitern verurteilten Versuchen, Liebe zu finden, die so zahlreich waren, dass sie gar nicht mehr daran denken wollte). Ein typisches Beispiel – der Tag, an dem sie Diablo kennengelernt hatte, zumindest erinnerte sie sich gerne so an den großen, dunklen, bösen Alpha-Typen, den sie im Gang mit dem Silikon und Fugenmörtel entdeckt hatte.

Er hatte eine tiefsitzende Jeans getragen und ein ausgewaschenes graues T-Shirt, das seine breiten Schultern betonte. Er hatte etwas breitbeinig dagestanden, als habe er das Sagen. Der Boss der Fugenabteilung. Das Bad Boy-Stacheldraht-Tattoo um seinen massiven Bizeps zog sie magisch an.

Sie stellte sich neben ihn, hielt einen Korb mit einem Hammer in der Hand. (Sie kaufte immer Hammer, weil die klein waren, aber wichtig aussahen.) Sie musterte die Fugenmörtelausstellung, als wollte sie etwas kaufen und irgendetwas verfugen. Immer wieder warf sie ihm verstohlene Blicke zu. Er hatte dunkle Haare, die ein wenig zu lang waren, Stoppeln am Kinn, rasiermesserscharfe Wangenknochen, lange Wimpern. Er sah aus wie das Covermodel ihres Lieblingsliebesromans *Der Alphafuchs*. Er sah sie an. Stechend blaue Augen. Gleich würde sie umkippen!

Dann sprach er mit einem schönen, dunklen, volltönenden Bariton: „Haben Sie sich verlaufen?"

„Ganz und gar nicht", sagte Samantha. „Ich wollte Fugenmörtel kaufen, aber ich kann mich gerade nicht entscheiden zwischen–" Sie warf einen kurzen Blick auf die Regale „– dem in der Tube und dem zum Spachteln."

Er schenkte ihr ein perfektes Zahnpastalächeln, und ihr Puls raste. Sie erwiderte das Lächeln.

Er reichte ihr das zum Spachteln. „Mit dem geht es leichter." Er musterte sie von oben bis unten, und Samanthas Hoffnungen schossen in die Höhe. „Sie machen sich ja wirklich schick zum Fugenmörteleinkaufen. Haben Sie gleich ein heißes Date?"

O mein Gott! Bat er sie gerade um eine Verabredung?

Sie strich ihr rotes Glücksbringerkleid mit den Händen glatt. „Nein, habe ich nicht. Ich bin Single."

Er neigte den Kopf. „Sie Glückliche. Genießen Sie es, solange Sie können. Ehe Sie sich's versehen, verbringen Sie schon den Freitagabend damit, irgendwelchen Mist zu kaufen, um für Ihre Liebsten am Wochenende das Bad zu renovieren."

„Oh. Ja, klar." Sie warf den Fugenmörtel in den Korb. „Danke für Ihre Hilfe."

Sie fuhr nach Hause und verstaute den Hammer und den Fugenmörtel mit ihrem immer größer werdenden Vorrat an Home & Tool Produkten hinten in ihrem Schrank.

Ihr Leben war ein Witz.

Irgendwie war es ihr gelungen, einen Teil ihrer Romantik zu bewahren, nachdem sie sich letztes Jahr von diesem verlogenen, untreuen Tim getrennt hatte, doch mit jedem romantischen Desaster, das sie seitdem gehabt hatte, waren ihre Hoffnungen weiter in Richtung Verzweiflung abgetaucht.

„Tante!" Das war ihre fünfjährige Nichte, Gabriella. Das Mädchen mit den wippenden Zöpfen, dem violetten Kleid und der weißen Strumpfhose blieb vor ihr stehen. Gabriella keuchte dramatisch und hielt ihr eine kleine Wassersprühflasche entgegen. „Ich habe oben noch ein Monster im Schrank gefunden, und jetzt habe ich kein Monsterspray mehr!"

„Keine Sorge", sagte Samantha augenzwinkernd. „Ich habe ganz viel Neues gemacht."

„Was für ein Unsinn", murmelte Samanthas Mutter.

Samantha drückte ihrer Mutter die Grillpfanne zum Abtrocknen in die Hand und nahm Gabriella die Sprühflasche ab. Sie ging in die Vorratskammer, öffnete den Verschluss und tat so, als würde sie neues Monsterspray hineinfüllen. Dann stibitzte sie ein kleines Marshmallow aus der Packung im Regal und reichte es Gabriella zusammen mit der Sprühflasche.

Gabriella strahlte. Samantha schenkte ihr ein Lächeln. Ihre Nichte sah so anbetungswürdig aus, jetzt, da ihr ein paar ihrer Milchzähne fehlten. Sie konnte es nicht abwarten, eigene Kinder zu haben.

Ihre Nichte lief davon und Samantha kehrte zur Spüle zurück.

„Lucia wird es gar nicht gefallen, dass du dafür sorgst, dass die Zähne ihrer Tochter verfaulen", sagte ihre Mutter. „Das ist seit dem Abendessen schon ihr Drittes gewesen, und sie hatte auch noch Kuchen."

„Das sind Mini-Marshmallows. Außerdem ist heute ein Feiertag."

„Zu viel Zucker."

Samantha machte sich wieder daran, die Teller zu spülen. „Ich werde ihr die Zähne putzen, sobald ich hier fertig bin."

„Ich möchte, dass du diesem jungen Mann eine Chance gibst." Ihre Mutter wedelte mit ihrem Finger vor ihrer Nase. „Du wirst auch nicht jünger."

Samantha biss die Zähne zusammen. Nein, sie wurde nicht jünger. Sie hatte ihre Collegejahre damit vergeudet, mit einem Jungen auszugehen, der sowohl supernett als auch superlangweilig gewesen war. Als sie irgendwann beim Sex eingeschlafen war, hatte sie endlich Schluss gemacht. Seitdem war alles kompliziert gewesen. Sie war mit einer Reihe netter Typen ausgegangen und war zwischenzeitlich zu dem Schluss gekommen, dass Leidenschaft etwas war, das es nur im Kino gab, da sie nicht auch nur einen Hauch davon verspürt hatte, bis sie Tim Johnson kennengelernt hatte. Sein Charme und sein gutes Aussehen hatten sie zu einer leidenschaftlichen ein Jahr andauernden Beziehung verleitet. Doch die hatte abrupt geendet, als sie herausgefunden hatte, dass sie die *andere Frau* war. Scheinbar war Johnson ganz gut rumgekommen. Und wie hatte sie herausgefunden, dass er verheiratet war? Seine Frau war an sein Handy gegangen und hatte sie als Schlampe beschimpft.

Was ihr am meisten wehgetan hatte … Sie hatte Tim wirklich geliebt. Dieser Rattenarsch! Immer, wenn sie an ihn dachte, wurde sie wieder wütend. Sie hätte die Zeichen sehen müssen – dass sie sich immer nur spät am Abend zum Sex getroffen hatten, dass er immer nur zu ihr wollte, dass er ihr nie gesagt hatte, dass er sie liebte. Sie hatte Lust mit Liebe verwechselt. Diesen Fehler würde sie nicht noch einmal machen.

Und dennoch, ein Teil von ihr hoffte immer noch, dass es da draußen einen Mann gab, der ihren Puls zum Rasen bringen konnte *und* sie gut behandeln würde. Jemanden, der sie von ihren Füßen riss und mit ihr in den Sonnenuntergang ritt. Und, was besonders wichtig war, jemanden, dem wirklich etwas an ihr lag. *Nur* an ihr.

Existierte so jemand überhaupt?

Sie seufzte und reichte ihrer Mutter einen weiteren Topf zum Abtrocknen. Ihre Mutter hatte Recht. Sie wurde nicht jünger. Vielleicht wurde es Zeit, dass sie sich festlegte. Leidenschaft war viel zu teuer erkauft.

Plötzlich war sie deprimiert. Das war aus ihrem Leben geworden. Sie gab die Romantik auf. Ihre Mutter verkuppelte sie.

So wie sie ihre Mutter kannte, war der Typ vermutlich der perfekte Gentleman mit unfehlbaren Manieren und einem konservativen Haarschnitt. Mit anderen Worten, ein Langweiler. Mal ehrlich, welcher Typ brauchte seine Mutter, um verkuppelt zu werden?

In einem Anfall von unvernünftigem Optimismus entschied Samantha, nein, sie würde die Romantik nicht aufgeben, und sie würde ganz sicher *nicht* zulassen, dass ihre Mutter ihr Liebesleben diktierte.

„Das kommt gar nicht in Frage", sagte Samantha und wünschte sich, sie hätte etwas, irgendetwas in der Hand gehabt, mit dem sie hätte beweisen können, dass sie durchaus in der Lage war, allein Männer kennenzulernen. Vielleicht konnte sie sich ja einen Freund ausdenken und dann, bevor ihre Eltern ihn kennenlernen konnten, mit ihm Schluss machen.

Ihre Mutter hatte den Preis für die Queen des gnadenlosen

Zeterns nicht umsonst bekommen. „Es ist nicht mehr als ein Abendessen. Er wird am Samstagabend hier sein. Das hat seine Mutter mir versprochen."

„Mama!" Samantha stöhnte.

~

„Mama!", stöhnte Rico del Toro, als seine Mutter ihm beim Thanksgivingabendessen herausfordernd den Glücksknochen entgegenhielt. „Das ist doch Unsinn."

Verdammter Glücksknochen. Das alles hatte mit einem Streit am Kindertisch begonnen, an dem er immer bei seinen Nichten und Neffen saß. An dem Tisch ging es immer viel lustiger zu.

„Hey, hey, hey!", hatte er protestiert, als seine Neffen und Nichten sich wegen des Glücksknochens zankten. „Wenn man sich streitet, gehen die Wünsche nicht in Erfüllung. Also, wer braucht am dringendsten einen Wunsch?"

Seine vier Neffen und zwei Nichten schrien alle gleichzeitig: „Ich! Ich brauche einen!"

„Nein, ich!"

„Ich!"

„Lasst uns das auf die einfache Art lösen", sagte Rico. „Eene mene –"

„Ich bin der älteste, ich bekomme ihn!", kreischte Dylan.

„Nein, ich!", schrie Michael zurück. „Ich könnte dir in den Hintern treten."

Rico hob eine Braue. Damit hatte Michael recht. Obwohl er erst elf war, war er einen ganzen Kopf größer als sein dreizehnjähriger Cousin. Die Kinder begannen zu schreien und einander zu übertönen. Er blickte zu seinen beiden älteren Schwestern hinüber, den Müttern der Kinder, die sie auch weiterhin ignorierten und eine gefühlte Meile entfernt am anderen Ende des Erwachsenentisches miteinander sprachen.

Seine Mutter, die am Kopf des Tisches saß, hob eine Hand, um alle zum Schweigen zu bringen. Langsam breitete sich der Effekt den ganzen Tisch hinunter aus, und seine ganze Familie verstummte. Alle Blicke richteten sich auf sie. Cristina del Toros freundliche, feste Stimme schwebte durch den Raum.

„Rico und ich werden dieses Jahr das mit dem Glücksknochen machen."

Rico machte große Augen. Das war merkwürdig. Er bekam nie den Glücksknochen. Es war ihm auch vollkommen egal. „Ma, warum ich?"

„Bring ihn her", sagte sie. Seine Mutter sprach aus Höflichkeit einem Gast gegenüber Englisch mit ihm. Der Ehemann seiner Schwester Maria, Steve, sprach kein Spanisch. Alle anderen waren zweisprachig aufgewachsen.

Er wand den Glücksknochen aus dem Griff von Michaels und Dylans fettigen Fingern und ging an den Kopf des Tisches. Sein Vater saß neben seiner Mutter, zufrieden damit, dass sie hier das Sagen hatte. Rafe del Toro liebte ein kühles Bier und einen guten Scherz. Seine Philosophie für die Ehe war schlicht: „Glückliche Frau, glückliches Leben."

Seine Mutter streckte ihre Hand nach dem Glücksknochen aus, und er gab ihn ihr. „Es wird Zeit, dass du heiratest."

Vor Überraschung blieb ihm der Mund offenstehen. Er ging ja nicht einmal mit jemandem aus. „Ma, fühlst du dich auch gut?"

Sie straffte ihre Schultern, erhob sich zu ihren vollen eins-sechzig und streckte ihm den Glücksknochen beinahe wie eine Herausforderung entgegen. „Mir geht es gut. Du dagegen bist dreiunddreißig und hüpfst immer noch von einem dahergelaufenen Weib zum nächsten–"

„Das sind keine dahergelaufenen ..." Bei den Funken, die sie durch zu Schlitzen zusammengekniffenen Augen auf ihn warf, sprach er nicht weiter. Verdammt, er mochte unkomplizierte Frauen. Sie verstanden, wie man sich amüsierte, und erwarteten absolut nichts weiter. Er war einmal verliebt gewesen, so richtig, obwohl er damals noch auf der Highschool gewesen war. Er war verrückt nach Jamie gewesen, hatte alles an ihr geliebt und sie heiraten wollen, sobald er mit der Uni fertig war. Doch als Jamie dann an die Uni gegangen war, hatte sich alles verändert. Sie hatte immer seltener angerufen. Am Wochenende war sie viel zu beschäftigt für ihn gewesen. Und dann hatte sie schließlich mit ihm für ihren neuen Collegefreund mit ihm Schluss gemacht. Seitdem hatte er keine ernsthafte Beziehung mehr gehabt.

Er rührte den Glücksknochen nicht an, denn er wollte mit seiner Mutter nicht darüber streiten. Er hatte das ungute Gefühl, dass dieser Glücksknochen ihm eher Pech bringen würde.

„Unterbricht deine Mutter nicht", schnauzte sie.

„Entschuldigung."

Seine älteren Schwestern, Maria und Elena, kicherten. Es gefiel ihnen, wenn er die uneingeschränkte Aufmerksamkeit ihrer Mutter abbekam. Sie sagten immer, dass er es viel leichter als sie gehabt hatte, weil er der Jüngste und der einzige Junge war. Er war das Überraschungsbaby seiner Eltern gewesen. Seine Schwester Elena war zehn Jahre älter als er, Maria zwölf Jahre. Er warf seinen Schwestern einen finsteren Blick zu, bei dem sie nur noch mehr kichern mussten.

„Es wird Zeit, dass du dich häuslich niederlässt", sagte seine Mutter scharf. „Es reicht mit deiner wilden Herumhurerei. Meine Freundin hat die perfekte Frau für dich. Ich habe gesagt, dass du Samantha am Samstagabend zum Abendessen ausführen wirst. Du brauchst nicht mehr als ein Abendessen, um deinen Blick für deine zukünftige Frau zu öffnen. Das ist *destino*."

Bei der Sache mit der zukünftigen Frau zuckte er zusammen. Wie war es denn vom Abendessen zur Ehe gekommen? Und er würde es nicht unbedingt als Schicksal bezeichnen, wenn seine Mutter das alles arrangierte. Er versuchte es mit Vernunft, obwohl er wusste, dass er auf verlorenem Posten stand, sobald seine Mutter sich etwas in den Kopf gesetzt hatte. „Ich kann meine eigene Frau, ähm, mein eigenes Date finden. Ich brauche niemanden, der das arrangiert."

Sie ließ den Glücksknochen sinken, und er entspannte sich.

„Niemanden, der es wert wäre, zu deiner Familie nach Hause gebracht zu werden", schnaubte seine Mutter. „Dieses

Mädchen ist katholisch, und ihre Mutter hat sie auf den rechten Pfad gebracht."

Er starrte sie an. „Und welcher rechte Pfad ist das?"

„Der traditionelle Pfad."

Er warf seine Hände in die Höhe. „Welcher traditionelle Pfad? Wir sind hier in Amerika."

Elena und Maria prusteten vor Lachen.

„Ricky wird heiraten", trällerte Elena.

Selbst sein Vater schmunzelte.

Seine Mutter wedelte mit dem Glücksknochen in seine Richtung. „Wenn du das größere Stück bekommst, kannst du tun, was du willst. Wenn nicht, denn gehst du mit der *richtigen* Sorte Frau zu diesem Date."

Na schön. Er würde dieses dämliche Glücksknochenbrechen gewinnen, dann hätten sie diesen ganzen traditionellen Frauenkram hinter sich. Er konnte es nicht abwarten, nach Hause nach Clover Park, Connecticut, zu kommen und ein paar der schönen Frauen im Garner's aufzureißen, die dort eine Auszeit von ihrer Familie suchten. Diese Flucht wollte er jetzt nur umso mehr.

Er ergriff den Glücksknochen. Er war richtig glitschig, weil seine Neffen so lange darum gekämpft hatten. Seine Mutter stellte sich ein wenig breitbeinig hin, als machte sie sich bereit für einen Kampf. Vielleicht tat sie das auch. Die Familie wurde still. Selbst seine Schwestern schlossen endlich ihre kichernden Brotluken.

Er zog, und der Glücksknochen brach. Er öffnete seine Hand. Es war das kurze Ende. *Mierda.*

Triumphierend hielt seine Mutter das längere Ende in die Höhe.

„Endlich!", rief sie. „Rico wird heiraten und mir noch mehr wunderbare Enkel schenken. Sie ist dreißig, also noch nicht zu alt."

„Endlich, Rico!", rief Maria. „Jetzt können wir *endlich* alle unser Leben weiterleben. Hast dir wirklich ganz schön Zeit gelassen."

Seine Mutter warf Maria einen vernichtenden Blick zu, und sie verstummte.

Rico warf das kurze Ende des Glücksknochens auf den Tisch. *Bad Juju.* „Ich sagte, ich würde zu einem Date gehen, nicht, dass ich heiraten und Kinder bekommen würde."

Seine Mutter faltete die Hände zum Gebet und blickte zur Decke auf. „Ich bete, dass ich nicht sterbe, bevor ich Ricos Kinder kennenlerne."

Er verdrehte die Augen. Seine Mutter war achtundsechzig und zeigte keinerlei Anzeichen, dass sie nachließ. Sie würde vermutlich noch ihre Ururgroßenkel kennenlernen.

Sie packte seine Hand. „*Mijo*, hör zu, das hier ist sehr wichtig. Benimm dich. Sprich ihre Eltern als Mr. und Mrs. Dixon an. Keine dummen Scherze. Sei ernst. Samantha Dixon will keinen Clown."

„Okay, Ma. Das werde ich tun, aber ich verspreche dir nichts. Es ist nur ein Date."

Sie küsste ihn auf beide Wangen, und er dachte kurz an *Der Pate*. Es fühlte sich beinahe genauso unheilvoll an.

„Und jetzt hilf deinen Schwestern beim Abräumen", verlangte sie. „Räumt den zusätzlichen Tisch und die Stühle weg."

Sein Vater und sein Schwager lachten. Er warf ihnen einen finsteren Blick zu. „Ihr wart mir eine schöne Hilfe."

„Wir sind schon verheiratet und haben Kinder", sagte sein Schwager Steve. „Wir haben unsere Aufgabe erledigt."

Er seufzte und fing an, die Teller der Kinder aufeinander zu stapeln. Seine Mutter sorgte immer dafür, dass er seinen Schwestern half. Elena und Maria waren für ihn wie eine zweite und dritte Mutter gewesen, die ihn begluckt hatten, als sie noch Kinder gewesen waren. Manchmal hatte ihm das gefallen, manchmal war es zu viel gewesen. Aber jetzt verhätschelten sie ihn kein bisschen. Jetzt sollte er sich dafür revanchieren – als Arbeitssklave, wann immer sie mit ihren Fingern schnippten.

Der Blick seiner Mutter fiel auf die anderen Männer. „Ihr Männer könnt gerne auf dem Weg nach draußen weiter lachen! Geht und recht die Blätter für Maria zusammen. Sie sagt, die liegen da schon einen ganzen Monat. Kinder, folgt mir!"

Alle schlossen den Mund, nicht ohne ein Seufzen und Stöhnen hier und da.

Rico ging in die Küche. Er war froh, dass er nicht mit den Männern draußen sein musste. Die meisten Tage verbrachte er als Vorarbeiter von Elegant Land Designs, der Gartenbau und Landschaftspflegefirma seines besten Freundes Trav O'Hare, mit schwerer körperlicher Arbeit draußen. Er stellte die Teller in die Spüle und ließ Wasser darüberlaufen. Er hatte also ein dummes Glücksknochenbrechen verloren. Große Sache! Er würde mit einer sicherlich notgeilen, einsamen Schrulle auf ein Date gehen, die ein Netzwerk von Eltern brauchte, um überhaupt ein Date zu bekommen, und dann würde er von dannen ziehen. Ein Abendessen würde er ja wohl überleben.

2

Rico klingelte am Samstagabend pünktlich an der Haustür der Dixons im nahegelegenen Eastman. Gott bewahre, dass sie sich bei seiner Mutter beschwerten, er sei zu spät gekommen. Er konnte es immer noch nicht fassen, dass er mit einer Frau ausging, auf die seine Mutter ihn angesetzt hatte und die er noch nie gesehen hatte, doch er wusste, dass er es bereuen würde, wenn er nicht ging.

Die Tür ging auf und ihm fielen beinahe die Augen aus dem Kopf. Vor ihm stand eine schöne, sexy Frau. Sie trug ein schwarzes Kleid, das ihre Kurven umschmeichelte und etwa auf der Mitte ihrer Oberschenkel endete, dazu schwarze Fick-mich-Absätze. Ihr Haar war dunkelbraun und fiel in weichen Wellen über ihre Schultern. Ihre Haut war wie Sahne. Und ihr Mund – ein voller Schmollmund, für die Sünde gemacht. Er konnte sein Glück nicht fassen. Diese Frau hatte seine Mutter für ihn ausgesucht? Er hätte ihr schon vor Jahren erlauben sollen, ihn zu verkuppeln.

Er sah in ihre braunen Augen und bemerkte, dass sich die Überraschung, die er empfand, dort widerspiegelte. Er schenkte ihr sein charmantestes Lächeln, dem noch keine Frau hatte widerstehen können. Sie erwiderte das Lächeln und beide starrten einander an. Eine mächtige Chemie knisterte zwischen ihnen, und er blieb wie angewurzelt stehen.

Ihr Blick wanderte zu seinem Mund, und er wurde augenblicklich hart.

Eine Frauenstimme schallte durchs Haus. „Wer ist es?"

Der Bann war gebrochen. Samantha versteifte sich und antwortete: „Was glaubst du wohl, Ma?" Sie trat auf die Veranda hinaus, schloss die Tür hinter sich und schürzte ihre sexy Lippen. „Du bist also mein Date."

Die Schwingungen, die von ihr ausgingen, schlugen in Sekundenschnelle von *Yeah, Baby* zu gereizt um. Ihre Mutter hatte den Moment kaputt gemacht. Das war in Ordnung. Wenn sie erst einmal beim Abendessen waren, würde er sie mit seinem Charme sicher aus dem Höschen locken.

„Hi, ich bin Rico", sagte er und streckte ihr seine Hand entgegen.

Sie schüttelte seine Hand, ließ sie jedoch schnell wieder los. „Samantha."

Er nickte. „Hübsches Kleid. Schwarz steht dir gut."

Sie betrachtete ihn düster. „Ich trage Schwarz, weil ich trauere."

„Ach, wirklich? Wer ist denn gestorben?"

„Meine Träume."

Er starrte sie verwirrt an. „Deine–"

„Ein Abendessen", sagte sie, „und das war's."

Die Stimme ihrer Mutter dröhnte von innen heraus: „Bring ihn rein!"

Samantha wandte den Blick zum Himmel, und dann stöhnte sie mit dem gleichen genervten Unterton, den er bei dem Wort immer benutzte: „Mama!"

Sie sah ihn an. Er gestikulierte in Richtung Tür. Sie schnaubte, trat ein und knallte ihm die Tür vor der Nase zu.

Er hörte, wie laute Frauenstimmen hinter der Tür miteinander stritten, dann kam Samantha mit einem schwarzen Mantel und einer Handtasche wieder nach draußen und knallte die Tür hinter sich zu.

Er hob eine Braue. „Verstehe ich das richtig, dass ich deine Mutter nicht kennenlernen werde?"

Sie blitzte ihn wütend an. „Wenn meine Mutter dich so schon drei Tage lang in den höchsten Tönen loben kann, muss sie dich nicht auch noch kennenlernen." Sie marschierte den Gehweg entlang und zählte seine Vorzüge an ihren Fingern ab, nur dass es bei ihr klang, als wären es unverzeihliche Sünden. „Du kommst aus einer guten Familie. Du bist katholisch. Du hast Schwestern, weißt also, wie man eine Frau gut behandelt. Du bist respektvoll gegenüber deiner Mutter. Du hast einen guten Job." Ihr scharfer Blick durchbohrte ihn. „Habe ich was vergessen?"

Er biss sich auf die Zunge, um nicht seinen ersten Gedanken auszusprechen: *Ich bin gut im Bett.* Sie war schon wegen ihrer Mutter angepisst, da wollte er nicht, dass das auf ihn überschlug.

„Das ist so ungefähr alles", sagte er.

Sie kamen an seinen Truck, und er hielt ihr die Beifahrertür auf. „Du hast einen hübschen Namen."

Sie stieß einen Seufzer aus. „Meine Mutter hat die wahnwitzige Idee, dass sie und deine Mutter sich auf eine arrangierte Ehe zwischen uns geeinigt haben."

Sie stieg in den Truck, und sein Blick fiel auf ihren kurvigen Po. Plötzlich kamen ihre Worte bei ihm an. „Moment mal, was hat sie gesagt?"

Sie grinste. „Das ist neu für dich, wie? Der Bräutigam erfährt es immer als letzter."

Er schloss die Tür und ging langsam um den Truck herum zur Fahrerseite. In seinem Kopf schrillte jede einzelne Alarmglocke, doch sie mussten sich ja nicht nach dem richten, was ihre Mütter sagten. Er hatte gedacht, seine Mutter hätte mit ihrem Gerede von Ehe und Kindern nur ihre üblichen Wunschvorstellungen ausgesprochen. Bildeten sich ihre Mütter wirklich ein, sie hätten eine Ehe arrangiert?

Er setzte sich auf den Fahrersitz und sah sie an. Ihr Kiefer war angespannt, während sie zur Windschutzscheibe hinausstarrte. Eine Frau, die so wütend werden konnte, war auch zu Leidenschaft fähig. Im Sitzen rutschte ihr Kleid höher und gab den Blick auf noch mehr von ihren wohlgeformten Beinen fei. Nein, gegen Leidenschaft mit ihr hätte er ganz und gar nichts.

Er fuhr aus der Einfahrt. „Schau mal, so lange wir uns

einig sind, dass wir unsere Mütter in diesem Fall ignorieren können, ist es doch in Ordnung, dass wir miteinander ausgehen."

„Du meinst also wirklich, dass es so einfach ist?"

„Klar."

„Da kennst du meine Mutter nicht."

Er hielt inne. Er kannte seine Mutter, und wenn ihre auch nur annähernd so war, hieß das, dass einiges auf sie zukam. Wenn das Date gut lief, würde seine Mutter wissen wollen, wann die Hochzeit stattfinden würde. Wenn das Date schlecht lief, würde seine Mutter wissen wollen, was er falsch gemacht hatte. Verdammt, was er auch tat …

„Wenn wir schon mal hier sind, lass uns was essen gehen", sagte er. „Magst du Italienisch?"

„Lass uns einfach einen Burger essen und den Abend beenden."

„Geht nicht. Ich habe einen Tisch reserviert." Er fuhr zum Lombardi's, einem hübschen Restaurant, in dem er ein paarmal gewesen war, wenn er ein Date hatte beeindrucken wollen. Er wollte nicht, dass seiner Mutter glaubte, dass er geknausert hatte. Obwohl er einem Mädchen in der Regel nur ein Getränk spendieren musste.

„Okay, na schön", sagte sie. „Ich mach dir einen Vorschlag. Ich erzähle meiner Mutter, dass du dich in jemand anderen verliebt hast. Du erzählst deiner Mutter das Gleiche. Dann tun wir so, als hätten wir jemanden, mit dem wir Schluss machen, bevor sie ihn oder sie kennenlernen können. Okay?"

„Ich werde nicht so tun, als hätte ich heimlich jemanden", sagte er. „Das würde sie furchtbar aufregen."

„Tu's einfach! Es gibt keinen besseren Weg." Sie runzelte die Stirn. „Ich habe es aus jeder Perspektive betrachtet", sagte sie finster.

Er blieb an einer roten Ampel stehen. „Können wir nicht einfach sagen, dass wir nicht gut miteinander auskommen?"

Ihr Blick hellte sich auf. „Perfekt! Dann ist es niemandes Schuld. Wir sagen einfach, dass es nicht Klick gemacht hat."

„Du hast schöne braune Augen."

„Danke dir, Rico, aber du musst mir keine weiteren Komplimente machen. Das hier ist eine einmalige Sache, um uns unsere Mütter vom Leib zu halten. Ein Abendessen, wieder nach Hause und fertig."

Rico biss sich auf die Zunge. Er würde sich nicht um mehr als das Abendessen streiten. Normalerweise brauchte er nicht mehr als ein Date für einen sehr erfolgreichen Abend. Er hatte noch eine ganze Menge Komplimente auf Lager, die bei ihm sehr gut funktionierten, doch er würde darauf warten, dass sie nach ein, zwei Gläsern Wein etwas offener wurde. Er musste nur dafür sorgen, dass sie ein bisschen lockerer wurde.

Samantha zwang sich, nicht auf Ricos attraktives Profil zu achten, während er zum Restaurant fuhr. Es war schlimm genug, dass sein Parfum sie in dem beengten Raum des Trucks einhüllte und sie am liebsten die Hand ausgestreckt und probiert hätte … Nein. Absolut nicht. Diesem Typen stand Playboy ganz dick auf die Stirn geschrieben. Und auch wenn ihr Körper auf die Begegnung mit ihm mit einem widerhallenden *Hallo, lass uns rammeln wie die Karnickel!* reagiert hatte (ein natürlicher, biologischer Instinkt, der bei jeder Frau eingesetzt hätte), wusste ihr Gehirn es besser. Sie hatte ihn in der gleichen Minute, als er auf ihrer Schwelle aufgetaucht war, durchschaut, dieses Selbstbewusstsein, die Arroganz und das gute Aussehen. Er wusste, dass er gut aussah mit dieser karamellfarbenen Haut, den dunkelbraunen Augen und den verwegenen Stoppeln am Kinn. Ganz zu schweigen von einer Stimme, die sich auch gut im Radio gemacht hätte, so sanft und melodisch klang sie. Ach, und die Tatsache, dass er nicht einmal seine Lederjacke geschlossen hatte, damit sie sofort bemerken konnte, wie gut er sein Hemd ausfüllte.

Netter Versuch, Playboy.

Rico parkte den Wagen, öffnete ihr die Tür und führte sie ins Restaurant. Sie entspannte sich, als sie eintrat. Im Raum herrschte eine festlich-fröhliche Stimmung. Alles war schon für die Feiertage mit Tannengrün und blinkenden weißen Lichtern an der Decke, dem Bogen an den Fenstern geschmückt.

Die Tischeinweiserin, eine sexy Brünette mit einem tiefen Ausschnitt in ihrer kaum zugeknöpften Bluse, schnurrte Rico geradezu an.

„Lange nicht gesehen." Die Frau kam hinter dem Platzeinweisertisch hervor, um ihn auf die Wange zu küssen, während sie ihre Brüste an seinem Arm rieb.

Rico schlang einen Arm um das Flittchen. „Hast du mich vermisst, Darling?"

„Wie ein Kratzer, an dem man sich jucken muss." Sie beugte sich vor und flüsterte ihm etwas ins Ohr, dann biss sie ihm ins Ohrläppchen.

Rico schmunzelte. „Du bist schlimm. Ich habe für zwei reserviert. Das hier ist Samantha."

Die Brünette betrachtete Samantha abschätzig. „Hier entlang."

Nachdem sie ihnen ihren Tisch gezeigt hatte, hatte die Frau auch noch den Nerv, sich zu Rico hinabzubeugen, ihm einen erstklassigen Blick in ihre Bluse zu gewähren und zu flüstern: „Ruf mich an."

Rico zwinkerte, und die Tischeinweiserin stakste mit schwingenden Hüften davon.

Samantha unterdrückte ein Stöhnen.

„Netter Laden, nicht?", fragte Rico, ganz unschuldig.

„Ja, nett", murmelte sie.

Sie atmete einmal tief durch. Sie musste dieses eine Abendessen überstehen. Höflich sein. So tun, als wäre es egal, dass ihr Date eine männliche Schlampe war. Das spielte nur dann eine Rolle, wenn man ein Paar war. Was sie niemals sein würden. Sie konzentrierte sich auf die warme, gemütliche Atmosphäre des Restaurants. Ein Pianist spielte an einem Stutzflügel in der Ecke leise Weihnachtsmusik. Auf jedem runden Tisch flackerte eine Kerze.

Rico schlug die Speisekarte auf. „Wollen wir Wein bestellen?"

„Nein, danke", sagte sie.

Das Letzte, was sie jetzt gebrauchen konnte, war, dass sie unvorsichtig wurde und auf seine Verführungsnummer hereinfiel. Sie würde dieses Abendessen eiskalt nüchtern überstehen, selbst wenn es sie umbrachte.

Er schenkte ihr ein langsames, sexy Lächeln, gegen das sie sich wappnete, auch wenn ihr Innerstes zu Wachs wurde. „Das ist wirklich ein hübsches Kleid."

„Danke", sagte sie trocken. Sie musste ihn wissen lassen, dass sie immun dagegen war, auf seine falsche Schmeichelei hereinzufallen. „Dein Hemd gefällt mir auch", ergänzte sie. „Hübsche Knöpfe."

Er hob eine Braue und krempelte seine Ärmel hoch, um muskulöse Unterarme zu enthüllen. *Im Ernst?* Ihr Mund wurde trocken. Seine Züge waren so durchschaubar, dass sie wirklich überhaupt keine Wirkung auf sie haben sollten. Gott sei Dank tauchte der Kellner auf, um ihnen die Tageskarte zu erklären, was ihr eine Ausrede lieferte, ihren Blick von Ricos Muskeln loszureißen.

Der Kellner ging, und Rico machte da weiter, wo er aufgehört hatte. „Du siehst hübsch aus bei Kerzenschein."

Sie schürzte ihre Lippen und sah ihn unverwandt an. „Jeder sieht gut aus bei Kerzenschein. Du kannst mich ja kaum sehen."

„Stimmt was nicht?"

Sie wollte gerade schon sagen, *ja, etwas stimmt nicht! Meine Mutter hat mich zu einem Blind Date geschickt, mit jemandem, der genau die Art Mann ist, mit der ich niemals wieder etwas zu tun haben wollte! Hab ich schon durch, und grässlichen Herzschmerz danach auch, vielen Dank.* Doch er achtete gar nicht auf sie. Er winkte jemandem auf der anderen Seite des Restaurants zu. Als sie sich umdrehte, um nachzusehen, warf die Platzeinweiserin ihm gerade einen Kuss zu, während sie einem anderen Paar einen Tisch zeigte.

„Würdest du unsere Platzeinweiserin gerne näher kennenlernen?", fragte sie blinzelnd.

Er drehte sich um und schenkte ihr erneut dieses langsame, sexy Lächeln. Dieses Mal jedoch empfand sie nichts anderes als Zorn. Okay, ein kleines Prickeln im Bauch, aber was soll's.

„Ich möchte *dich* näher kennenlernen", sagte er. „Wie konnte ich nur so viel Glück haben, mit einer Schönheit wie dir auf ein Date geschickt zu werden?"

Sie war zu erwachsen, um sich einen Finger in den Hals zu stecken und dazu Würgegeräusche zu machen, doch sie wollte es tun. Und zwar sehr.

„Das Übliche", sagte sie. „Ich hatte keine Wahl."

Er lachte schallend. Aufgebracht starrte sie auf ihre Speisekarte und überlegte sich, ob sie einfach gehen sollte, verzichtete jedoch darauf, da ihr einfiel, was für eine Standpauke sie von ihrer Mutter bekommen würde, wenn sie schon so früh wieder nach Hause kam.

Der Kellner kam, um ihre Bestellungen entgegenzunehmen. Sie entschied sich für einen Salat, damit es eine schnelle Mahlzeit wurde.

Von da an ging es nur noch bergab. Er verbrachte den ganzen Abend damit, ihr diese peinlich unechten Komplimente über ihr glänzendes Haar zu machen, ihre nachdenklichen Augen, ihr umwerfendes Lächeln, ihre zarten Handgelenke, sogar über ihre grazilen Finger. Im Ernst, sie wusste, dass sie kein Fotomodel war. Offensichtlich funktionierten diese Sprüche bei manchen Frauen, doch für sie klangen sie wie verlogenes Geschwätz der untersten Kategorie.

Eine unbehagliche Stille breitete sich zwischen ihnen aus. Er musste wohl gemerkt haben, dass seine Anmachsprüche ihm nichts bringen würden. Endlich konnte sie die Stille nicht mehr ertragen.

„Bitte entschuldige mich kurz", sagte sie und ging zur Damentoilette.

Sie stand vor dem Spiegel und fragte sich, wie ihr Leben so ätzend hatte werden können. Sie war Alleinstehend, wohnte wieder bei ihren Eltern und ließ zu, dass ihre Mutter ihr Liebesleben dirigierte. Nachdem sie glaubte, ihm genug Zeit gegeben zu haben, um seine Mahlzeit zu Ende zu essen, zog sie ihren Lippenstift nach und kehrte dann an den Tisch zurück.

„Möchtest du ein Dessert?", fragte er.

„Ich möchte nach Hause."

Er bat um die Rechnung und drehte sich zu ihr um. „Lass mich dich nur eines fragen: Wenn du mich auf andere Art und Weise kennengelernt hättest, wärst du dann interessiert?"

Misstrauisch kniff sie die Augen zusammen. „Interessiert woran?"

Er machte die Geste eines Showmasters vor seinem Körper.

Argh! Samantha warf ihre Serviette auf den Tisch, nahm ihren Mantel und die Handtasche und stand auf. „Bring mich nach Hause. Jetzt."

Er zog seinen Geldbeutel hervor, legte einige Scheine auf den Tisch und folgte ihr zur Tür hinaus.

Samantha stieß ihre Arme in die Ärmel ihres Mantels. Sie konnte diesem Vollidioten keine weitere Minute gegenübersitzen. Und als ob das nicht genug wäre, musste sie auch noch die unangenehme Stille ertragen, die auf seine Frage gefolgt war. Wahrscheinlich hätte er sie am liebsten vor dem Haus ihrer Eltern in seinem Truck geknutscht!

Schweigend gingen sie zu seinem Truck.

„Wir geben uns keinen Gutenachtkuss", informierte sie ihn.

Er blieb stehen. „Du magst mich wirklich nicht, oder?"

Er sah tatsächlich verletzt aus, und ein Anflug von Mitleid durchströmte sie. „Tut mir leid. Ich bin mir sicher, dass du eigentlich ein netter Mensch bist. Ich meine, du liebst ja deine Mutter, sonst wärst du jetzt nicht hier mit mir, richtig? Mir gefällt nur diese ganze Abmachung nicht. Lass es uns als Freunde beenden und dann unser Leben weiterleben."

Schweigend gingen sie weiter. Er öffnete ihr die Tür. Das war nett. Er *war* ziemlich galant.

„Ich habe nicht viele weibliche Freunde", sagte er, nachdem er ihre Tür geschlossen hatte.

Sie wartete, bis er eingestiegen war. „Warum nicht?"

Er schaltete den Truck an. „Wozu?"

„Was meinst du mit wozu?"

„Vergiss es", sagte er schnell. Sie fuhren zum Haus ihrer Eltern.

„Nein, ich möchte es wirklich wissen. Warum glaubst du, es wäre sinnlos, sich mit einer Frau anzufreunden?"

Er hielt den Mund geschlossen.

Typen wie dich kenne ich nur zu gut.

„Du benutzt Frauen für Sex, und das war's", sagte sie.

„Ich benutze keine Frauen. Wir benutzen einander." Er warf ihr einen lüsternen Blick zu. „Und am Ende sind alle glücklich, das kann ich dir versichern."

„Du bist ein sexistisches Schwein."

„Wie kann denn das sexistisch sein? Ich habe doch gesagt, dass wir *einander* benutzen. Glaub mir, die Frauen, mit denen ich schlafe, sind *sehr* befriedigt. Bei mir hat sich noch keine beschwert."

„Nur, weil du dann schon weg bist. Du hast vermutlich rechts und links Herzen gebrochen, ohne dich auch nur umzusehen." Ihre Kehle schnürte sich zu. „Du solltest wissen, dass das Herz der Frau *ganz stark* involviert ist, wenn sie mit einem Mann schläft."

Er sah sie neugierig an. „Ist dein Herz gebrochen?"

Sie hatte zu viel gesagt. „Ich meine das nur allgemein." Sie verschränkte die Arme, umarmte sich selbst. „Ich spreche für mein Geschlecht."

„Ich mag dieses Kleid wirklich", sagte er mit einem gierigen Blick auf ihren jetzt hochgedrückten Ausschnitt.

Sie ließ die Arme sinken. „Halt die Klappe."

Er schüttelte den Kopf. „Ich weiß wirklich nicht, wie unsere Mütter darauf gekommen sind, dass wir gut zusammenpassen würden."

Jetzt durchzuckte ein schmerzhafter Blitz sie, und sie unterdrückte ihn gleich. Er hatte recht. Sie würden kein gutes Paar abgeben. Doch sie wollte, dass er sie für einen guten Fang hielt, selbst wenn sie ihn für ein sexistisches Schwein hielt.

Sie hob ihr Kinn. „Keine Ahnung. Sie sind einfach krank."

Er lachte, ein tiefes, grollendes Lachen, das sie erwärmte und ebenfalls zum Lachen brachte.

„Das hast du richtig erkannt", sagte er.

Als sie am Haus ihrer Eltern ankamen, stellte Rico den Motor des Trucks ab, stieg aus und öffnete ihr erneut die Tür. Wenigstens hatte seine Mutter ihm Manieren beigebracht.

Er begleitete sie zur Haustür und reichte ihr seine Hand. „Dann ist das jetzt wohl das ein Lebewohl."

Kurzzeitig bedauerte sie das. Wäre die Sache anders gelaufen, wenn man sie nicht zusammen gezwungen hätte? Nein, er war ein Playboy, und von denen hatte sie bereits mehr als genug.

Sie schüttelte Ricos Hand, und genau wie beim ersten Mal fuhr ein heißes Prickeln ihren Arm hinauf. Sie ließ seine Hand schnell los. „Lebwohl, Rico. Danke für den Salat."

Er warf ihr ein Lächeln mit seinen perfekt weißen Zähnen zu. Der Mann hätte in einem Werbespot für Zahnweißstreifen auftreten können. „Danke für den schönen Anblick."

Bevor ihr irgendeine schnippische Antwort einfiel, drehte er sich um und stolzierte den Weg hinunter zur Straße. Sie biss die Zähne zusammen. Riesenplayboy. Sie konnte von Glück sagen, dass sie ihn als das erkannt hatte, was er war.

3

———

Eine Woche später machte Rico sich nach der Arbeit auf den Weg zu seinem Apartment. Er freute sich darauf, wie üblich seinen Freitagabend im Garner's Sports Bar & Grill zu verbringen. Fast immer fuhr er mit einer neuen Handynummer in seiner Tasche oder einer Frau an seinem Arm nach Hause. Er war froh, dass die Sache mit Samantha erledigt war. Er hatte seiner Mutter erzählt, dass er sich bestens benommen hatte, aber dass sie einfach nicht miteinander ausgekommen waren. Seine Mutter war ihm gegenüber überraschend verständnisvoll gewesen. Vielleicht hatte Samanthas Mutter ihr erzählt, wie schwierig Samantha gewesen war. All seine üblichen Komplimente und sein Charme schienen sie nur wütend zu machen. Verdammt, niemand konnte an dieser Einstellung vorbeikommen.

An seiner Haustür blieb er abrupt stehen. Eine Nachricht war daran geklebt. Merkwürdig. In der Nachricht wurde er gebeten, „auf einen kurzen Besuch" bei seinem Nachbarn unter ihm vorbeizuschauen. Der ältere Mann, Harold, war immer freundlich und hilfsbereit gewesen, aber sie hatten niemals Zeit miteinander verbracht.

Als er an der Tür seines Nachbarn ankam, öffnete ihm eine Frau mittleren Alters. „Mein Dad ist krank und kann beim Pfannkuchenfrühstück morgen nicht zu seinem Auftritt als Santa gehen. Es tut ihm furchtbar leid, dass er das verpasst. Er spielt so gerne jedes Jahr Santa. Er fragt, ob Sie das übernehmen können."

Rico hob beide Hände in die Luft und wich langsam zurück. „Ich bin kein Santa."

Er war ein junger, sportlicher, nicht übertrieben vergnügter Mann, der den Ruf genoss, gut mit Damen umgehen zu können. Ganz sicher kein Santamaterial.

Sie schob ihm den roten Weihnachtsmannanzug, die weiße, lockige Perücke und den Bart in die Hände. Er schob alles zurück.

„Es ist von neun bis zwölf in der Highschool", sagte sie. „Gehen Sie einfach in die Cafeteria. Sie bekommen dafür auch ein Frühstück."

„Ich kann mir mein Frühstück kaufen."

„Bitte, mein Dad hat nicht viele Freunde. Sie stehen auf seiner Notfallkontaktliste."

„Das tue ich?"

Sie schob ihm den roten Anzug wieder in die Hände. Dann reichte sie ihm ein Brillenetui. „Ja. Das hier ist ein Notfall."

Er schob alles wieder zurück. Auf keinen Fall würde er sich wie ein vergnügter alter Elf verkleiden.

Sie warf ihm einen vielsagenden Blick zu. „Ficus."

Rico stöhnte. Er hatte gewusst, dass sich das eines Tages rächen würde. Aber, komm schon, Santa? Seine Eltern hatten ihm vor zehn Jahren einen Ficus geschenkt, um seinen neuen Job bei Travs Gartenbaufirma zu feiern. In all diesen Jahren hatte er ihn am Leben gehalten, als Erinnerung an seine Familie und daran, wie stolz sie auf ihn gewesen waren. Mittlerweile hing er irgendwie an dem Baum und bat immer Harold, ihn zu gießen, wenn er selbst nicht da war. Harold hatte das in den letzten zehn Jahren übernommen, hatte jegliche Bezahlung oder irgendeine Gegenleistung abgelehnt. Jetzt erwartete Harold, dass er sich revanchierte. Argh.

„Geben Sie schon her", sagte Rico und streckte seine Arme aus. „Und dann sagen Sie ihm, dass wir quitt sind."

Dass ein Typ wie er Santa spielte, war viel schlimmer als sich zehn Jahre lang um einen Ficus zu kümmern.

Sie grinste, ließ den Anzug in seine Arme fallen und schloss die Tür. Er sah auf den roten Samtanzug mit dem großen weißen Bart hinab. *Ay Dios mio*. Und ho-ho-ho.

So kam Rico in die Situation, sich früh am Samstagmorgen den großen roten Anzug anziehen zu müssen. Er hatte es niemandem erzählt und betete, dass ihn niemand erkennen würde. Es wäre ja nur ein Haufen Kinder, versicherte er sich. Er stopfte sich vorne ein Kissen hinein, damit er noch mehr wie der alte Sankt Nick aussah. Er ging zum Badezimmerspiegel, setzte sich den Bart, die Perücke und die Weihnachtsmannmütze auf und brach in Lachen aus. Niemals würde er als der alte Harold mit seiner weißen Haut durchgehen. Er setzte die runde Brille auf. Nö. Er sah immer noch aus wie Santa Hengst. Dagegen war nichts zu tun. Ach, naja. Es waren ja nur ein paar Stunden. Er wollte all die Kinder nicht enttäuschen.

Er stieg in seinen Truck und fuhr zur Clover Park High. Er schwitzte jetzt schon. Er hätte sich erst dort umziehen sollen. Ihm wurde immer leicht heiß, selbst im Winter. Die Perücke kratzte wie verrückt über seinem kurz geschnittenen Haar, doch er hatte Angst, dass, wenn er nur halb angezogen dort aufgetaucht wäre, er den Kleinen den Zauber verdorben hätte, deswegen ertrug er es.

Als er die Cafeteria betrat, wurde er von den fröhlichen Lauten des Bosses, Bruce Springsteen, begrüßt, der „Santa Claus is Coming to Town" über die Lautsprecher zum Besten gab. Er bewegte seinen Kopf zum Takt der Musik. Wenn er schon Santa spielen musste, gab es wohl niemanden, der besser geeignet war, dazu zu singen. Rico kam aus Jersey, und in Jersey war der Boss der König. Von den Kindern war noch keines da. Er sah auf die große Uhr an der Wand. Sie machten offiziell erst in fünfzehn Minuten auf.

Er atmete den Duft von brühendem Kaffee und Pfannkuchen ein und nahm sich einen Moment, zu bestaunen, wie weihnachtlich es hier drin für die Kinder aussah. Seine Nichten und Neffen hätten das geliebt. Es gab einen großen

Holzthron mit dunkelgrünen Samtkissen am hinteren Ende der Cafeteria, auf einem fransigen roten Teppich. Der musste wohl für Santa sein. Bei dem Thron stand ein Weihnachtsbaum, der mit bunten Lichtern blinkte, mit einer silbernen Girlande und roten Weihnachtskugeln. Oben auf dem Baum saß ein Engel. An die Wand war ein gemalter Kamin geklebt. Die langen Tische der Cafeteria hatten im Wechsel rote und grüne Tischtücher und mittendrin stand eine Schüssel mit rundem Pfefferminz und Zuckerstangen, die am Rand hingen. Er nahm sich einen Pfefferminz. Er konnte für die Kinder auch ruhig frischen Atem haben.

Er entdeckte Shane O'Hare, Travs jüngeren Bruder, und dessen Verlobte, Rachel Miller, die hinten das Frühstück vorbereiteten. Er überlegte, ob er den Mut aufbringen würde, sich für eine Tasse von dem, was er als einen großartigen Kaffee kannte, lächerlich zu machen. Dem Paar gehörte das Something's Brewing Café in der Stadt, und sie machten da den besten Kaffee, den er je getrunken hatte. Ein paar Freiwillige, die er nicht kannte, liefen umher und legten Teller, Besteck, Becher und Süßigkeiten auf die Tische.

„Ach, schau mal, Santa ist da! Hi, Santa!" Rachel winkte.

Er ging zu ihnen. „Wie geht's?"

„Rico?", fragte Shane. Dann brach er in Lachen aus.

Rachel betrachtete ihn genau. „Du bist Santa?" Dann brach auch sie in Lachen aus.

„Sehr witzig", sagte Rico. „Ich helfe meinem Nachbarn Harold aus. Er war zu krank, um das zu machen. Kann ich etwas Kaffee bekommen?"

„Hättest du nicht lieber heiße Schokolade?", fragte Shane.

„Und Kekse?", fragte Rachel.

Sie schüttelten sich vor Lachen.

„Vergesst es", schnaubte Rico. „Himmel, da versucht man mal das Richtige zu tun. Ihr findet mich drüben auf meinem Thron." Er ging hinüber zu dem großen Samtthron, ignorierte ihre Lachsalven.

Barry Furnukle von der Dancing Cow, einem Frozen Yoghurtladen in der Stadt, tauchte in einem grünen Elfenkostüm komplett mit spitzen Schuhen und Glöckchen darauf sowie einem spitzen Hut auf. Da fühlte Rico sich bei der Santa-Sache schon ein wenig besser.

„Fröhliche Weihnachten, Santa", sagte Barry. Er sah genauer hin. „Rico?"

Rico seufzte. „Ja, ich bin es."

Er zog seine Brauen zusammen. „Ich hätte nie gedacht, dass du –"

„Ja, ja, ja."

Barry stellte sich aufrecht hin wie ein Soldat. „Ich werde dein Helfer und Fotograf sein."

„Großartig", sagte Rico. „Hübsches Kostüm."

Barry strahlte und schüttelte sich ein wenig, sodass die Glöckchen auf seinen Spitzenschuhen bimmelten. „Danke. Ich dachte, ich lasse jedes Kind dir seinen Wunsch sagen; dann mache ich das Foto und bringe sie dort drüben hin." Er deutete auf die Seite, wo er einen großen Korb aufgestellt hatte. „Ich gebe ihnen ein Malbuch, Stifte und einen Gutschein für die Dancing Cow."

„Toll." Rico schob eine Hand unter die Perücke und kratzte sich. „Wie viele Kinder kommen hierfür eigentlich?"

„Ist mein erstes Rodeo, deswegen weiß ich das nicht. Wir sind für alles bereit, stimmt's, Santa?"

„Bereit. Gibt es eine Pause? Du weißt schon, um die Rentiere zu füttern oder so?"

„Nach der Hälfte können wir fünfzehn Minuten lang Pause machen."

Er wischte sich den Schweiß von der Braue und rückte seine Santamütze zurecht. „Ja, okay. Oh, ich sehe einige Kinder. Lass uns loslegen."

Er setzte sich auf den Thron und versuchte, fröhlich auszusehen. Sollte er lächeln? Nee, das sollte er sich lieber für die Fotos aufsparen, sonst würde er drei Stunden am Stück lächeln müssen. Er wartete. Die Kinder kamen alle auf einmal hereingerannt, dicht gefolgt von ihren Eltern, die Buggys mit Kleinkindern in roten Kleidern und kleinen Anzügen für ihre Weihnachtsfotos schoben.

Das erste Kind kam zu ihm gelaufen und kletterte auf seinen Schoß. Es war ein Junge, wahrscheinlich ungefähr vier.

„Ho-ho-ho, wie heißt du?"

„Tenny."

„Okay, Tenny, was wünschst du dir zu Weihnachten?"

„Nicht Tenny! Tenny!"

„Okay, ähm, was würdest –"

„Ich heiße Tenny! Tenny!" Der Junge steigerte sich in eine dunkle Rottönung hinein.

Rico sah zu den Eltern des Jungen. Seine Mutter kam nach vorne geeilt. „Er heißt Kenny. Er hat Probleme mit dem K."

„Okay, Kenny, was wünschst du dir zu Weihnachten?" Er lächelte aufmunternd.

„Ich will Wego Sta Wos Schpeistip Tommanda, Wego Sta Wos, *bla, bla, bla* …" Das Kind redete weiter und weiter. Rico hatte keine Ahnung, wovon er sprach. Santa verging das Lächeln, und ihm fielen langsam die Augen zu.

„Wie wäre es mit einem Foto?", fragte Barry und rüttelte Rico ein wenig.

Rico nickte. Barry lief zur Kamera hinüber, die er auf einem Stativ befestigt hatte. Er hielt ein quietschendes Kuhspielzeug über die Kamera. „Muh-liche Weihnachten!"

Rico lächelte in die Kamera. Der Junge trottete mit dem Barryelfen davon. Rico bekam große Augen, als er die lange Schlange sah, die sich mittlerweile gebildet hatte. Reichten drei Stunden aus, um all diese Kinder abzuarbeiten?

Die nächste Familie näherte sich. Er hatte ein Vorschulkind auf jedem Knie, und die Mutter legte auch noch das Baby in seine Armbeuge. Das Baby fing an zu weinen. Rico seufzte. Dieser Job war ätzend.

Viele, viele weinende Babys und Kinder, die an seinem falschen Bart zogen, später machte er seine Fünfzehnminutenpause. Er musste Barry dazu bringen, dass er nicht mehr muh-liche Weihnachten sagte. Das raubte ihm noch den letzten Nerv. Und ging es nur ihm so oder war „Jingle Bell Rock" auf dieser Playlist in Dauerschleife? Er fürchtete, er würde das Lied nie wieder aus dem Kopf bekommen. Er wollte den Boss zurück.

„Wie geht es Mrs. Claus?", fragte Ryan O'Hare, Travs

älterer Bruder, als Rico auf dem Weg zur Umkleide an ihm vorbeikam.

Rico kratzte sich mit dem Mittelfinger den Bart und ging weiter. Er hörte, wie Ryan entfernt von ihm leise lachte.

In der Umkleide riss er sich die Mütze und die Perücke vom Kopf und kratzte sich den Kopf wie verrückt. Dafür schuldete Harold ihm ganz schön was. Ficus hin oder her. Er konnte es nicht glauben, dass Harold sich freiwillig jedes Jahr in einer kratzenden Perücke und einem schweißtreibenden Anzug hierhersetzte. Wenn er noch einmal hörte, wie ein Kind sich ein Pony wünschte, würde er sich übergeben. Niemand bekam ein verdammtes Pony! Er zog sich bis auf seine Unterhose aus und fächelte sich mit der Santamütze Luft zu. Seine fünfzehn Minuten vergingen viel zu schnell, und widerwillig zog er den Anzug wieder an und ging zu seinem Thron zurück. Als erstes wurde ihm ein Kleinkind mit einer vollen Windel, mit der man eine ganze Herde von Ponys hätte umbringen können, auf den Schoß gesetzt. Konnte es eigentlich noch schlimmer werden?

Trav O'Hare, sein schon ewig bester Freund (vor langer, langer Zeit hatten sie sich im Kindergarten in New Jersey kennengelernt, sodass er für ihn mehr wie ein Bruder war), kam mit seinem einjährigen Sohn, Bryce, zu ihm. Rico verkrampfte sich. Er war sich sicher, dass Bryce ihn erkennen würde, und Trav würde ihn das nie vergessen lassen. Travs Frau, Daisy, hielt ihn zurück und rückte die kleine Weihnachtsmütze auf Bryce' Kopf zurecht. Trav setzte Bryce auf seinen Schoß. Sein Freund zuckte zusammen, als er Rico unter all dem Samt und den weißen Locken erkannte.

Trav brach in Lachen aus. „Warte, warte", brachte er keuchend hervor. Er holte sein Handy hervor und machte ein Bild.

„Schhh", machte Rico.

Bryce starrte Rico an und streichelte sein Gesicht. Der Junge erkannte ihn definitiv. Rico lächelte.

Bryce hüpfte auf und nieder. „Ri-Ri!", quiekte er. Wenigstens konnte er noch nicht gut sprechen.

„Sag deinem Daddy, dass er die Klappe halten soll", flüsterte Rico.

Trav konnte nicht aufhören zu lachen. Die Tränen traten ihm schon in die Augen, so heftig musste er lachen. Daisy sah Rico entschuldigend an und zog Trav beiseite, damit Barry ein Foto machen konnte.

Und als wäre das alles nicht schon schlimm genug, kam als nächste noch Maggie O'Hare, Travs Großmutter. Sie trug ein rotes Samtkleid mit einer schwarzen Schärpe und kniehohen schwarzen Stiefeln. Er hoffte nur, dass sie sich nicht für die Rolle der Mrs. Claus bewarb. Warum sie in ihrem Alter noch bei Santa auf dem Schoß sitzen wollte, wollte ihm nicht ins Hirn. Doch er vergab ihr ihre schrullige Art, weil sie so leicht war, dass er sie auf seinen Beinen gar nicht spürte, und, was noch wichtiger war, sie hatte ihn wie Familie bei sich aufgenommen, als er für den Job in Travs Firma nach Clover Park gezogen war.

„Ach, Santa, dieses Jahr war ich wirklich brav", sagte Maggie. „Ich habe viele Leute glücklich gemacht und viele verkuppelt, aber was ich wirklich möchte, sind noch mehr Urenkel. Kannst du bitte deinen Weihnachtszauber dafür benutzen, dass meine Enkel sich ranmachen?"

Er unterdrückte ein Lachen.

Sie drehte sich um. „Bist du das, Rico?"

„Schhh. Ja. Harold ist krank."

Sie zwinkerte. „Ich werde dein Geheimnis nicht verraten. Vielmehr werde ich dir ein kleines Geheimnis verraten. Du bist der nächste auf meiner Kuppelliste. Ich habe mich bereits um Ryan, Trav und Shane gekümmert."

Ihre drei Enkel. Das war das eine Mal, dass er nicht gerne zur Familie gehören wollte. Er hatte bereits seine Mutter, die Ehen für ihn arrangierte. Und als was für ein Desaster hatte sich das herausgestellt? Samantha Dixon war trotz ihrer umwerfenden Schönheit definitiv *nicht* die Eine für ihn.

„Ho-ho-ho!", rief er heiter. Wie konnte er sie auf höfliche Art und Weise von seinem Schoß herunterbekommen? Eine ganze Schlange von Kindern wartete immer noch darauf, ihn zu sehen. „Daran besteht kein Bedarf, Ma'am. Ich bin verheiratet mit Mrs. Claus."

„Mmm-hmm." Sie tätschelte seinen Arm. „Ich hätte auch noch gerne neue gepolsterte Handschellen. Jorge hat für die anderen den Schlüssel verloren."

Rico räusperte sich. „Ist das alles, Ma'am? Da warten noch eine Menge anderer Kinder darauf, dass sie drankommen."

Sie lächelte lieblich. „Danke, Santa. Ich kann es nicht abwarten, die zukünftige Mrs. Claus kennenzulernen."

Sie drehte sich um, lächelte für die Kamera und ging mit einem Malbuch davon.

Erleichtert stieß er einen Atemzug aus. Ein paar größere, schwerere Kinder tauchten auf, und seine Beine taten von ihrem Gewicht weh. Sie stellten die schwierigen Fragen – bist du wirklich Santa? Wo ist dein Rentier? Wie lange hast du vom Nordpol aus nach Clover Park gebraucht?

Er sah auf die Uhr. Noch eine halbe Stunde, und die Schlange von Kindern war immer noch so lang. Wenn er hier rauskäme, würde er sich seine Klamotten vom Leib reißen und unter eine kalte Dusche springen. Er hatte das Gefühl, mit dem Anzug und den Kindern zehn Pfund verloren zu haben. Es war wie ein verdammtes Dampfbad in dieser samtenen Zwangsjacke.

Die letzten dreißig Minuten zogen sich immer weiter hin, bis endlich nur noch ein Kind da war. Ihm blieb der Mund offen stehen. Es war ein kleines Mädchen in einem roten Kleid, ihre Haare zu Zöpfen hochgebunden, aber das war nicht das, was ihn staunen ließ. Neben dem Mädchen stand Samantha, von seinem misslungenen Date. War Samantha eine alleinerziehende Mutter? *Dieses* wichtige Detail hatte seine Mutter ausgelassen. Himmel. Samantha sah nicht einmal in seine Richtung, sie konzentrierte sich allein auf das kleine Mädchen, deswegen nahm Rico sich Zeit zu bewundern, wie Samanthas rosafarbener weicher Pullover sich an sie schmiegte und ihre schwarze Jeans und die schwarzen Stiefel mit den hohen Absätzen ihre wohlgeformten Beine betonten. Sie war nicht zu groß; darauf achtete er immer als erstes, wenn er eine Frau kennenlernte. Er war ein Meter siebzig, und sie war mit Absätzen immer noch gut drei Zentimeter kleiner als er. Verdammt, er hätte wirklich gerne nur einmal diese Beine um sich gespürt. Wenn die Frau nicht so verdammt unwirsch gewesen wäre.

Das Mädchen kam zu ihm gerannt und kletterte auf seinen Schoß. Sie strahlte ihn an und zeigte dabei perlenweiße Milchzähne mit ein paar Lücken.

Er merkte, dass er das Lächeln erwiderte, trotz seines höllischen Morgens. „Ho-ho-ho. Und wie heißt du?"

„Gabriella."

„Und was wünschst du dir zu Weihnachten, Gabriella?"

Sie legte ihre Hand an sein Ohr und flüsterte: „Einen Welpen."

Er nickte. Wenigstens war es kein Pony. Vielleicht würde sie einen bekommen.

„Ho-ho-ho, mal sehen, was wir in unserer Werkstatt so hinbekommen." Er sah in die Kamera. „Lächeln."

Sie lächelten für das Foto. Gabriella bekam ihr Malbuch und lief zu Samantha. „Jetzt bist du dran, Tantchen, erzähl Santa von deinem geheimen Weihnachtswunsch."

Tantchen. Das war besser als Mutter. Trotz des langen Morgens und seiner schmerzenden Beine stellte er fest, dass er gerne länger bleiben wollte. Er wollte Samantha auf seinem Schoß.

Samantha beugte sich zu Gabriella hinunter und lächelte. „Das ist doch nur für Kinder, Dummerchen."

Gabriella sah sie mit großen, unschuldigen Augen an. „Wie sollen denn sonst deine Wünsche in Erfüllung gehen?"

Samantha richtete sich auf, sah nachdenklich aus.

Er krümmte seinen Finger in ihre Richtung.

Samantha sah in die flehenden Augen ihrer Nichte und seufzte. Ach, was soll's. Harold war ja kein Spielverderber. Wie er sie zu sich hinüberlockte. Sie war ihm schon mehrmals beim Weihnachtsfrühstück begegnet. Sie ging immer mit ihrer Schwester und Gabriella zum Pfannkuchenfrühstück, dieses

Jahr jedoch hatte die Morgenübelkeit ihrer Schwester sie davon abgehalten. Ihre Schwester würde Gabriella später abholen, um Santa noch in der Mall zu treffen. Harold hätte sicherlich nichts dagegen, wenn sie sich zu Weihnachten etwas wünschte. Der liebe Gott wusste, dass sie einen Wunsch gebrauchen konnte.

„Okay, Süße", sagte Samantha. „Warte am Tisch auf mich." Sie zeigte dorthin, wo sie sie haben wollte. „Na los, fang schon mal mit dem Malen an."

Gabriella rannte davon. Samantha ging zu Santa und ließ sich auf seinen Schoß fallen. Die Tatsache, dass sie Harolds Gesicht unter dem Hut, der Perücke und dem großen Bart nicht wirklich sehen konnte, beruhigte sie. Sie konzentrierte sich auf die hübsche Schneeflockendeko im ganzen Raum. Es war beinahe, als ginge sie zu Pater Jensen zur Beichte, sehr privat, nur sie beide. Die Cafeteria war jetzt fast leer, nur ein paar Freiwillige räumten noch auf. Selbst die Elfen waren schon gegangen.

„Ach, Santa, ich weiß, dass es dumm ist, aber ich habe immer von einer süßen Romanze geträumt, wie man sie in Büchern liest und in Filmen sieht. Es scheint nur bei mir einfach nicht zu passieren. Und glaub mir, ich habe es wirklich darauf angelegt." Sie seufzte. „Ich habe den Eindruck, als wäre jeder bereits verheiratet oder schwul oder mit Bergen von Altlasten geschieden. Ich möchte doch nur meinen Prince Charming treffen, verstehst du?"

Weil Santa schweigend nickte und weiter zuhörte, vertraute Samantha ihm all den Herzschmerz an, den sie in den letzten zwei Jahren wegen ihrer missglückten Suche nach einer Romanze hatte ertragen müssen. Als erstes erzählte sie ihm das Schlimmste – das Debakel mit Tim Johnson –, nur, um es aus dem Kopf zu bekommen und zu erklären, was sie dazu gebracht hatte, ihn um ein Date zu bitten. Dann ging sie zu dem Tag über, an dem eine große Augusthitze geherrscht und sie auf einen mysteriösen Mr. Hank gewartet hatte, der kommen sollte, um ihren platten Reifen zu wechseln (und ja, sie gab zu, dass sie die Luft absichtlich herausgelassen hatte). Dabei waren ihre Haare, ihr Make-up und ihre neuen High

Heels ruiniert worden, und anstelle von Mr. Hank hatte eine zahnlose alte Dame angehalten, um sie darüber zu informieren, dass sie einen Platten hatte. Sie hatte den Reifen selbst wechseln müssen und dabei auch noch ihren weißen Rock ruiniert. Dann erzählte sie Santa von dem heißen Briten, der neben ihrem Elternhaus eingezogen war und ein bisschen aussah wie Hugh Grand – sie liebte ihn einfach in *Bridget Jones – Schokolade zum Frühstück* –, und gerade, als sie meinte, sie könnte einen Schritt über Zuckerausleihen hinausgehen (mittlerweile hatte sie einen ansehnlichen Vorrat) und tatsächlich Zeit mit ihm verbringen, war sein fester Freund aufgetaucht.

Sie seufzte und fuhr fort mit dem Rat, den sie von ihrer Freundin bekommen hatte, sie solle sich bei einer Hochzeit nach jemandem umsehen, und wie sich derjenige als ein Cousin zweiten Grades herausgestellt hatte, dem sie nie begegnet war. „Gott sei Dank hat meine Mutter mich gewarnt, bevor wir das Ganze von der Tanzfläche herunter verlagern konnten", flüsterte sie.

Santa brummte nur etwas Unverständliches, darum fuhr sie fort. „Ich habe eine riesige Hammersammlung von all meinen Besuchen im Baumarkt, weil ich da nach einem passenden Junggesellen gesucht habe. Ich kann die gar nicht wirklich gebrauchen." Sie schüttelte den Kopf. „Außerdem sind diese Typen alle verheiratet." Sie richtete sich auf, plötzlich ungeduldig. „Und was das Schlimmste ist, meine Mutter hat versucht, eine Hochzeit mit diesem Playboy zu arrangieren, der viel zu gut aussieht für diese Welt. Er war so die Art–" sie wedelte mit ihren Händen durch die Luft „– sieh mich an! Möchtest du nicht was von diesem Zucker? Und ich nur so: Hau ab, du Spinner! Was für *Sprüche* aus dem Mund dieses Typen gekommen sind! Wenn meine Mutter wüsste, dass er in Wirklichkeit ..." Sie seufzte. „Fangen wir besser nicht mit meiner Mutter an."

Endlich beruhigte sie sich etwas.

„Das hier war nur die Idee meiner Nichte", sagte sie mit wehmütigem Lachen. „Und da ich nun schon mal hier bin ... mein Weihnachtswunsch ist, dass ich einen gutaussehenden, klugen, charmanten Mann kennenlerne, bei dem mir vom Glück der wahren Liebe schwindlig wird." Sie erwärmte sich für das Thema. „Lass ihn jemand sein, der mir Blumen und Süßigkeiten bringt, einfach nur so, der Gedichte für mich schreibt, Lieder für mich singt und gerne mit mir Händchen hält, während wir einkaufen gehen, beim Schlittschuhlaufen oder vielleicht beim Spaziergang am Strand." Sie stieß einen verträumten Seufzer aus. „Ich schätze allerdings, das ist zu viel für einen Weihnachtswunsch."

Santa sprach mit leiser und rauer Stimme. „Ich werde sehen, was ich tun kann."

Ihr Blick schoss zu ihm, und sie sah sich den Mann, dem sie gerade ihr Herz ausgeschüttet hatte, genauer an. Er lächelte, und sie legte ihre Hand an die Kehle. Dieser Mann hatte keine Falten und auch keinen blassen Teint. Das war nicht Harold! Das war jemand, der viel jünger war und karamellfarbene Haut und braune Augen hinter dieser Brille hatte.

Santa zwinkerte ihr zu.

Sie sprang von seinem Schoß auf und zeigte mit einem Finger auf ihn. „Du bist Santa. Du kannst dir keine Frauen aussuchen. Du bist mit Mrs Claus verheiratet."

Grundgütiger, was hatte sie diesem vollkommen Fremden gerade erzählt? Ihre Wangen brannten.

Der Santa-Harold-Hochstapler stand auf und hob seine Hände. „Ich hab jetzt Feierabend. Willst du einen Kaffee mit mir trinken gehen?"

Sie wirbelte herum und eilte zu ihrer Nichte. „Komm, Gabriella. Wir gehen."

„Bye, Santa!", rief Gabriella. „Frohe Weihnachten!"

„Ho-ho-ho, frohe Weihnachten, Gabriella! Ich werde dafür sorgen, dass die Elfen deinen Weihnachtswunsch erfahren und deinen auch, Samantha!"

Sie erstarrte. O mein Gott. Er kannte ihren Namen. Sie hatte ihren Namen gar nicht erwähnt. Und diese Stimme. In ihrem Kopf setzte sie die Stücke schnell zusammen, diese schöne karamellfarbene Haut, die braunen Augen. Das war der Playboy, mit dem ihre Mutter sie hatte verkuppeln wollen – Rico!

Sie packte Gabriellas Hand und ging im Eiltempo zum Parkplatz. Samantha hatte sich noch nie in ihrem Leben so geschämt. Sie schnallte ihre Nichte an und murmelte vor sich hin, dass manche Typen wirklich Nerven hatten.

Sie fuhren nach Hause, und Samantha betete, dass sie diesem Harold-Hochstapler niemals wieder begegnen möge.

4

Rico ging geradewegs zur Umkleide und schälte sich aus dem Weihnachtsmannanzug, in dem er sich den ganzen Morgen wie in einer Sauna gefühlt hatte. Die Erfahrung hatte sich von okay bis schlichtweg geil gewandelt, als diese kurvige, schöne Samantha sich auf seinen Schoß hatte fallen lassen und ihm ihre Träume mitgeteilt hatte. Frauen vertrauten ihm normalerweise nicht ihre Träume an. Vielleicht, weil er nie viel Zeit damit verbrachte, sich mit den Damen zu unterhalten. Er bevorzugte körperliche Aktivitäten. Doch Samanthas Geständnis reizte ihn.

Tief in ihrem Herzen war sie romantisch. Das war er auch. Er hatte zwanzig Balladen über die Liebe für seine Gitarre komponiert. Das konnte etwas sein, für das sie sich interessieren würde, wenn er sie davon überzeugen konnte, sich noch einmal mit ihm zu treffen. Er nahm sich das Weihnachtsmannkostüm und ging zu seinem Truck.

Eine kurze Fahrt später ging er zu Harolds Wohnung, um die Weihnachtsmannsachen abzugeben. Seine Tochter öffnete die Tür.

„Die Sachen sollten Sie in die Reinigung bringen", sagte Rico. „Darin habe ich zehn Pfund ausgeschwitzt."

Sie nickte. „Wie ist es gelaufen?"

„Nicht schlecht", sagte er, als er an Samantha dachte. „Um genau zu sein, war es am Ende ziemlich gut."

„Wir sind Ihnen wirklich dankbar, dass Sie eingesprungen sind. Ich danke Ihnen so sehr. Mein Dad wird sehr glücklich sein, wenn er das hört."

„Gern geschehen."

„Fröhliche Weihnachten, Rico", sagte sie.

Er lächelte, war bereits in Weihnachtsstimmung, obwohl es noch drei Wochen bis dahin waren. „Fröhliche Weihnachten."

Er ging zu seinem Apartment. Nach einer Dusche und einem späten Mittagessen dachte er wieder an Samantha. Er wollte sie wiedersehen. Er wollte, dass ihr Weihnachtswunsch wahr würde. Wenn nicht Santa, wer würde sonst dafür sorgen? Er dachte eine Minute nach. Sollte er sie anrufen und sie um eine Verabredung bitten oder einfach dort auftauchen?

Er nahm sich die Schlüssel. Definitiv einfach dort auftauchen. Prince Charming würde auf seinem weißen Pferd geritten kommen und sie persönlich umhauen. Er stieg in seinen weißen Dodge Ram, wenigstens stimmte die Farbe. Und es war ein Ram, also ein Bock. War nah genug dran. Er hielt am Blumengeschäft an und kaufte ein Dutzend Rosen.

Auf der Fahrt überlegte er sich einen Plan, nach dem er vorgehen wollte. Das war seine zweite Gelegenheit, und die würde er nicht vermasseln. Er hatte die Blumen. Unglücklicherweise war seine einzige Idee für ein Gedicht: Du bist schön, und ich will dich. Das war vermutlich zu direkt. Er war nicht so gut in Lyrik. Was hatte sie sonst noch gesagt, was sie sich wünschte? Händchen halten, während man irgendetwas unternahm. Das konnte er. Er würde mit ihr zum Schlittschuhlaufen fahren, und sie konnten Händchen halten, dann würde er mit ihr zum Abendessen gehen und den Abend mit einer Serenade auf seiner Gitarre bei ihm zu Hause beenden. Sie hatte tatsächlich eine Serenade erwähnt. Da hatte sie ja Glück, dass er ein Singer-Songwriter war.

Kurz darauf bog er in die Einfahrt der Dixons und atmete einmal tief ein, hoffte, dass Samantha nach ihrer kleinen Unterhaltung jetzt etwas netter sein würde. Er würde ihr keine Komplimente machen. Er würde einfach all das machen, wovon sie ihm erzählt hatte. Jetzt, da er nicht mehr diesen großen roten Anzug trug, konnte er richtig charmant zu ihr sein. Dieser Anzug hatte ihn ein wenig gebremst. Welches Mädchen wollte schon einen Typen in einem Samtanzug mit einem großen Bauch voller Wackelpudding?

Ihr Haus war jetzt mit weißen Lichtern an der Traufe dekoriert, roten Schleifen an den Laternen und einem Kranz an der Tür. Er sollte sich einen Baum oder so etwas für seine Wohnung kaufen. Für gewöhnlich verbrachte er Weihnachten im Wechsel bei Travs Familie und jedes zweite Jahr bei seiner richtigen Familie im Haus seiner Schwester Elena. Seine Familie war weit verstreut. Seine Eltern waren zurück nach Puerto Rico gezogen, Maria war in Virginia und Elena in Florida. Sie wechselten sich jährlich mit ihren Treffen ab, damit seine Schwestern Weihnachten auch mit den Familien ihrer Ehemänner verbringen konnten. Dieses Jahr würden sie in Connecticut sein.

Er klingelte, hielt die Blumen hinter seinem Rücken. Samantha öffnete die Tür. Er atmete erleichtert auf. Er wollte wirklich nicht ihren Eltern erklären müssen, was er da tat. Sie würden im Nullkommanichts seine Mutter anrufen, und darauf wollte er sich nicht einlassen. Er war hier trotz seiner Mutter, nicht wegen ihr.

Sie bekam ganz große Augen und sah sich im Garten hinter ihm um, als hätte er irgendwo sein Rentier versteckt. „Was tust du denn hier?"

„Ich möchte dafür sorgen, dass deine romantischen Träume wahr werden", sagte er allen Ernstes.

Ihre Wangen nahmen eine hübsche rosa Färbung an. Sie bedeckte ihr Gesicht mit ihren Händen und stöhnte. „Ich hätte dir das alles niemals erzählen dürfen."

„Ich bin froh, dass du's getan hast. Keine Frau hat mir jemals von ihren Träumen erzählt. Ich möchte, dass deine wahr werden."

Sie nahm ihre Hände herunter und verengte die Augen. „Warum?"

„Ich finde dich faszinierend."

„Faszinierend", echote sie.

„Ja." Mit einer dramatischen Geste holte er die Rosen hervor. „Für dich."

„Oh!" Sie griff danach und versenkte ihr Gesicht zwischen ihnen, schloss die Augen und atmete ihren Duft ein.

Er wurde schon hart davon, dass er sie nur beobachtete. Diese Prince Charming Nummer funktionierte wirklich bei ihr. Und wenn man bedachte, dass, wenn er nicht Santa gespielt hätte, er das niemals geahnt hätte. Er schickte Harold im Stillen seinen Dank.

„Sie sind wundervoll!" Sie sah ihm in die Augen und lächelte ein wenig. Sein Herz machte einen unangenehmen Salto. „Ich stelle sie nur in eine Vase, bin gleich zurück."

„Ich werde hier sein."

Samantha ging hinein, die Rosen fest in einer Hand, sie spürte eine merkwürdige Kombination aus Aufregung und Misstrauen. Die Blumen gefielen ihr, und sie hatte erst ein paarmal Rosen bekommen, doch Rico gegenüber war sie immer noch misstrauisch. Er war ein Playboy, durch und durch. Ganz zu schweigen davon, dass es ihr immer noch unangenehm war, was sie ihm vorhin gestanden hatte.

Sie seufzte. Sie sollte ihm Danke sagen und dass sie nicht interessiert war. Es lohnte sich einfach nicht, sich schon wieder in einen Playboy zu verlieben. Das Letzte, was sie gebrauchen konnte, war, eine von vielen Frauen in Ricos Leben zu sein.

Sie holte eine Vase oben aus dem Küchenschrank und hörte, wie ihre Mutter hinter ihr nach Luft schnappte.

„Was ist das denn?", rief ihre Mutter aus und eilte zu den Rosen, die Samantha auf die Arbeitsfläche gelegt hatte. Sie hob sie auf und schnupperte an ihnen, wie Samantha es gerade getan hatte.

„Rico hat mir Rosen mitgebracht. Er wartet draußen."

„Wo sind denn deine Manieren, Sam? Lässt einen Mann einfach draußen in der Kälte stehen?"

Ihre Mutter legte die Rosen auf die Arbeitsfläche und ging zur Tür, um ihn ins Haus zu lassen, doch Samantha packte ihren Arm. „Ma, bitte, überlass das einfach mir."

Sie stemmte ihre Hände in die Hüften. „Was hast du vor?"

Samantha füllte die Vase mit Wasser und war sich nicht sicher, wie sie antworten sollte.

„Er muss dich wirklich mögen. Da solltest du natürlich nochmal mit ihm ausgehen." Ihre Mutter nahm die Rosen. „Geh schon. Ich kümmere mich darum. Geh du mit ihm."

Samantha rührte sich nicht. „Ich denke, ich werde ihn bitten zu gehen. Ich möchte ihn nicht ermutigen."

„Natürlich musst du das. Du musst ihn ermutigen, sonst kommt er nicht zurück." Mit einem breiten Lächeln arrangierte sie die Blumen in der Vase. „Ich habe doch gesagt, dass alles arrangiert ist. Er trägt seinen Teil dazu bei, und jetzt ist es für dich Zeit, auch deinen Teil zu erledigen."

Samantha knirschte mit den Zähnen. Jetzt kam sie schon wieder mit dieser arrangierten Ehe?

„Ma, ich habe keine Ahnung, warum er schon wieder hier ist." *Abgesehen von meinem peinlichen Geständnis, dass ich mir wünsche, mein eigener Prince Charming würde mir Rosen bringen.* „Aber ich bin mir ziemlich sicher, dass er nicht hier ist, weil seine Mutter ihm gesagt hat, dass er seinen Teil erledigen soll."

„Na schön. Dann geh eben nicht." Sie winkte mit der Hand Richtung Tür. „Lass ihn draußen in der Kälte stehen. Dann komm aber nicht angerannt, wenn du mit vierzig immer noch Single und allein bist."

Sie zuckte zusammen. Das hatte sie dort getroffen, wo es wehtat. Vierzig wurde sie erst in gut zehn Jahren, aber trotzdem. Autsch.

Und dann verpasste ihre Mutter ihr den Todesstoß. „Du und ich, wir werden unser Alter gemeinsam genießen, wenn wir *Let's Dance* sehen."

„Okay, na schön, ich werde ihm noch eine Chance geben!", rief Samantha.

Ihre Mutter nickte. „Du wirst mir noch dafür danken", trällerte sie.

Samantha drehte sich um, verdrehte die Augen und ging zur Tür.

Rico wippte auf der Veranda auf seinen Fersen vor und zurück und erinnerte sich daran, Samantha kein Kompliment zu machen, auch wenn sie wirklich schön war. Natürlich hielt er alle Frauen, mit denen er schlief, für schön, er liebte Frauen, Punkt. Es gab nichts Schöneres als einen weiblichen Körper mit all diesen weichen Kurven.

Sie kam lächelnd zurück auf die Veranda. Es warf ihn um, dieses Lächeln. Sie war sogar noch schöner, wenn sie lächelte. Sein Mund wurde trocken, und sein Herz schlug einen weiteren Purzelbaum. Vielleicht war er vom vielen Schwitzen dehydriert. Sein Herz hatte sich noch nie so merkwürdig angefühlt.

„Was möchtest du tun?", fragte sie.

Er räusperte sich. „Ich dachte, wir gehen Schlittschuhlaufen, dann Abendessen, dann zu meiner Wohnung, um Musik zu hören. Ich spiele Gitarre."

„Klingt schön", sagte sie mit verträumter Stimme.

Er wusste irgendwie, wie sie sich fühlte. Jetzt, da sie ihn anlächelte, war sein Gehirn ein bisschen durcheinander, und sein Herz machte weiter diese verrückten Purzelbäume. Er hoffte, dass er zu Weihnachten keinen Herzanfall bekam.

Er reichte ihr seinen Arm und begleitete sie galant zu seinem weißen Ram. Kein weißes Ross, aber immerhin.

Samanthas ganze Scham, nachdem sie Rico im Santakostüm ihre romantischen Träume gestanden hatte, verschwand an jenem Nachmittag, als er eben diese Träume wahr machte. Sie hätte den Männern in ihrer Vergangenheit sagen sollen, was sie wirklich wollte. Er verhielt sich wunderbar, und es gefiel ihr. Als sie auf der Freiluftbahn in der Stadt aufs Eis traten, nahm er ihre Hand. Und sie spürte ihn, selbst durch ihre

Handschuhe hindurch: Einen Funken, der ihren Arm hinauf schoss und dafür sorgte, dass ihr trotz der kalten Winterluft ganz warm wurde. Sie fuhren an anderen Paaren und Familien vorbei, während im Hintergrund fröhliche Weihnachtsmusik lief. Direkt vor der Bahn stand ein großer Tannenbaum mit bunten Lichtern. Es war die perfekte Weihnachtsszene. Einmal nahm sie eine Kurve zu schnell und stürzte, doch Rico half ihr auf und vergewisserte sich, dass sie sicher stand. Und als er ihre geliehenen Schlittschuhe zurückbrachte, kam er mit einer Zuckerstange zurück, die er für sie gekauft hatte. Himmlisch!

Es war, als spielte sie in ihrer eigenen romantischen Komödie, nur ohne den ganzen peinlichen Comedykram. Dann ging er mit ihr zu ihrem Lieblingschinesen. Sie setzten sich an einen Tisch, der mit einer weißen Tischdecke gedeckt war, und aßen frittierte Nudeln, während sie darauf warteten, dass ihr Essen gebracht wurde.

„Und wie verhält sich Prince Charming romantisch beim Abendessen?", fragte er lächelnd. „Für mich ist das alles noch neu."

Dieses Lächeln war umwerfend. Sie vergab ihm, dass er so gut aussah, weil sie seine Verwandlung in Prince Charming so sehr genoss.

Sie erwiderte das Lächeln. „Wir halten Händchen und unterhalten uns leise und intim."

Er griff über den Tisch und nahm ihre Hand. Seine Hand war warm, rau und schwielig. Ihr Innerstes schmolz dahin, als sie an diese rauen, schwieligen Hände an ihrem Körper dachte.

„Was machst du beruflich?", fragte sie.

„Hat deine Mutter dir kein Exposé von mir gegeben?"

Sie lachte. „Ich habe es nicht so weit kommen lassen."

Er grinste. „Ich bin Vorarbeiter bei einer Gartenbaufirma. Ich sorge dafür, dass die Crew ihre Arbeit erledigt, und ich helfe natürlich auch mit. Mähen, Graben, Pflanzen, manchmal müssen wir auch schwierigere Dinge erledigen. Du weißt schon, Wege, Terrassen, Stützwände. Solche Sachen."

Sie drehte seine Handfläche herum und rieb mit ihrem

Daumen darüber. „Man merkt, dass du mit deinen Händen arbeitest."

Er hob eine Braue. „Du magst das?"

Sie lächelte. „Vielleicht."

Ihr Essen kam, und sie ließ seine Hand los. Beim Essen erzählte sie ihm von ihrer Arbeit als Grafikdesignerin und stellte fest, dass er äußerst aufmerksam war. Sie erzählte ihm von ihrem Hobby, dass sie mit Acrylfarben malte und sich wünschte, sie könnte damit ihren Lebensunterhalt bestreiten. Sie bewunderte die Veränderungen an ihm. Als sie das erste Mal ausgegangen waren, war er nicht so aufmerksam gewesen. Jetzt hatte sie das Gefühl, als wäre alles, was sie sagte, Gold. War das ein Traum? Sie konnte die Veränderungen an ihm nicht fassen, und alles nur, weil sie aus dem Nähkästchen geplaudert hatte, als er Santa gespielt hatte. Sie spürte, dass sie rot war und ein bisschen albern, während sie locker über ihre Familien und ihre verrückten Mütter plauderten.

Als sie zu Ende gegessen hatten, zahlte Rico und gab ein großzügiges Trinkgeld. Er war sogar ein guter Trinkgeldgeber. Sie hatte im College als Kellnerin gearbeitet und wusste, wie viel das bedeutete. Er nahm ihre Hand und führte sie zu seinem Truck, wo er wieder ganz Gentleman war, ihr die Tür öffnete und sie hinter ihr schloss.

Er ließ den Motor an, drehte die Heizung auf und wandte sich ihr zu. „Zu mir?"

Ihr Herz begann zu pochen. Es war arg früh, um mit ihm zu schlafen. Andererseits war es technisch gesehen ihr zweites Date. Und sie wollte ihn. „Ähm …"

Er schob ihr eine Haarsträhne hinters Ohr. „Ich würde gerne für dich singen."

Sie lächelte verträumt. „Das würde mir gefallen."

Er lächelte. „Gut."

Er fuhr vom Parkplatz. Sie atmete seinen Moschusduft tief ein und betrachtete ihn ausgiebig, während er sich auf die Straße konzentrierte. Am liebsten hätte sie mit ihrer Hand über die Stoppeln an seinem Kinn gestrichen und gespürt, wie rau sie sich anfühlten, wenn er sie küsste. *Wenn* sie sich dieses Mal einen Gutenachtkuss geben würden.

Sie fuhren zurück zu seiner Wohnung, während Samantha diese neue Seite an ihm bewunderte – süß, aufmerksam, romantisch. Vielleicht hatte ihre Mutter deswegen gedacht, dass sie gut zusammenpassen würden. In diesem Moment verzieh sie ihrer Mutter, dass sie sie hatte verkuppeln wollen. Sie fühlte sich albern. Sie konnte es nicht abwarten, ihn für sich singen zu hören.

5

———

Rico war wirklich erstaunt, wie gut diese Prince Charming Nummer funktionierte. Er wünschte sich, dass ihm das früher schon mal jemand gesagt hätte. Jetzt war er hier mit der schönen Samantha und stand kurz davor, bereits bei ihrem zweiten Date glücklich zu werden. Nicht, dass ihm das nicht schon früher passiert war. Verdammt, die meisten seiner ersten Dates endeten im Bett, doch er vermutete, dass Samantha für gewöhnlich mehr als das brauchte. Sie konnte seiner neuen romantischen Art nicht widerstehen.

Er goss ihnen beiden ein Glas Wein ein – er hatte einen ganzen Schrank voll mit Wein, nur für Gelegenheiten dieser Art – und setzte sich zu ihr aus Sofa.

„Danke", sagte sie.

„Gern geschehen." Er fasste sie nicht an. Das war Teil seiner Verführungsroutine. Er wartete, bis sie vom Wein locker wurden, bevor er seinen ersten Zug machte – ein Kuss, der an ihrem Hals begann und an der Wand endete. Er trank einen Schluck Wein und holte seine Akustikgitarre aus ihrer Hülle in der Ecke des Esszimmers.

Er kehrte zu ihr zurück und stimmte sie. Frauen liebten seine Gitarre. Deswegen hatte er ja auch in der Highschool Unterricht genommen. Wenn er sie jetzt hervorholte, musste er den Frauen nicht mehr hinterherlaufen. Sie kamen ganz von selbst. Er zupfte ein paar Noten und sah sie an. „Ich schreibe meine eigenen Lieder."

Sie bekam ganz große Augen. „Wirklich? Wow! Ich kann nicht abwarten, sie zu hören." Sie zog ihr Bein unter sich hervor und lehnte sich zurück, um zu lauschen.

Sie wird schon lockerer. Exzellent. Er würde gar nicht sein ganzes Repertoire spielen müssen. Vielleicht drei Lieder, dann konnte er den nächsten Schritt gehen.

Er tauchte in seine erste Ballade ein, *„Mi Corazon Roto."* Auf Deutsch: „Mein gebrochenes Herz." Er sang auf Spanisch, da er auf Spanisch fühlte. Außerdem waren die Frauen davon immer mächtig beeindruckt. Sie fanden die Sprachen sexy. Er hob und senkte sanft seine Stimme mit den Worten, die sich zu einem schmerzhaft schönen Refrain gesteigert hatten. Mit halbgeschlossenen Augen sah er zu ihr hinüber, um zu sehen, welche Wirkung seine Serenade auf Samantha hatte.

Sie blinzelte ganz schnell, als müsste sie die Tränen zurückhalten. War sie so gerührt von der Musik? Cool. Er spielte weiter.

Er war mit dem Lied fast am Ende, als sie ihre Hand hob. *„Callate la boca."*

Er hörte auf zu spielen. *Que?* Hatte sie ihm gerade gesagt, er solle die Klappe halten?

„Was hast du gerade gesagt?", fragte er.

Sie stellte ihren Wein ab und zeigte auf ihn. „Du hörst jetzt genau da auf, du-du Playboy!"

„Was ist denn los?"

„Mi corazon roto", spie sie. „Oh, bu-hu-hu. Ich möchte kein einziges Wort mehr über dein schönes blondes Liebchen hören, das abgehauen ist."

Ihm blieb der Mund offen stehen. „Du sprichst Spanisch?"

Das brachte sie in Rage. Sie würde es ihm schon zeigen, auf Spanisch! Wusste er denn gar nichts von ihr? Hatte er denn nicht durch die Latino-Blume gehört, dass ihre Mutter aus Mexiko war und sie und seine Mutter deswegen überhaupt versucht hatten, sie zusammenzubringen? Wie konnte er es wagen, sie hierher zu bringen und zu versuchen, sie mit dem Lied über eine andere Frau zu verführen?

Er stellte seine Gitarre beiseite und wandte sich ihr zu, bereit, sich zu entschuldigen, doch sie war noch nicht fertig und stieß ihm gegen die Brust. Irgendwie machte das Spanisch es nur noch schlimmer. Als ginge sie ihm, wenn sie seine Sprache sprach, noch stärker unter die Haut. Sie sah nicht mexikanisch aus. Okay, sie hatte dunkelbraune Haare und dunkelbraune Augen, aber ihre Haut war so hell. Sie kam wohl nach ihrem Vater.

Endlich war sie fertig.

Sie starrten einander an.

„Samantha", begann er.

Sie seufzte. „Bring mich einfach nach Hause."

Er wünschte sich, er hätte mit einem anderen Lied von vorne anfangen können, aber ehrlich gesagt, in all seinen Liedern ging es um Jamie. Sie war die eine Frau, die ihm das Herz gebrochen hatte. Doch das war fünfzehn Jahre her. Er hatte Jamie bei ihrem zehnjährigen Klassentreffen wiedergesehen, und sie war verheiratet und hatte drei Kinder. Das hatte ihn ganz schön getroffen. Er war voller Hoffnung und all dem Scheiß zu diesem Treffen gefahren, hatte gedacht, sie hätten nach all der Zeit wieder dort weitermachen können, wo sie aufgehört hatten. Er schob die Gedanken an Jamie beiseite. Der Teil seines Lebens war vorbei. Und Samantha war seit langem die erste Frau, die er nicht bloß als eine schnelle Nummer sah.

„Samantha, es tut mir leid. Das war doch nur ein Lied. Jamie bedeutet mit gar nichts mehr."

„Und warum singst du dann über sie?"

Er hob eine Schulter und senkte sie wieder.

Wie sollte er ihr erklären, dass er seitdem keine ernsthafte Beziehung mehr gehabt hatte? Sie würde ihn für armselig halten, dass er immer noch, nach Jahren, an der Erinnerung an seine Ex hing. Es war einfacher, es mit den Frauen auf einer lockeren Ebene zu belassen, als sich das Herz brechen zu lassen. Er dachte sich, dass sie das wahrscheinlich auch als etwas Schlechtes sehen würde; sie hatte ihn einen Playboy genannt, und das war er ja auch. Doch irgendwie wollte er auf Samantha nicht so wirken. Er wollte ihre Träume von Prince Charming erfüllen. Vielleicht konnte sie ihm sagen, wie er das wieder geradebiegen konnte, so wie sie ihm ja auch überhaupt erst gesagt hatte, wie er ihr näherkommen konnte.

Samantha schüttelte angewidert den Kopf.

„Kann ich irgendetwas tun, um den heutigen Abend zu retten?", fragte er. „Etwas, das Prince Charming tun würde?"

„Wozu? Um mich ins Bett zu bekommen?"

Ja!

Die Flammen, die in ihren Augen loderten, ließen ihn jedoch schweigen. Heute Nacht würde das nicht passieren.

„Komm", sagte er. „Ich fahr dich nach Hause."

Sie nahm ihre Tasche und den Mantel und ging. Er folgte ihr hinaus und musste beinahe joggen, um mit ihr mitzuhalten.

Er öffnete ihr die Tür seines Trucks und musste sie unweigerlich anstarren, als sie einstieg. Er wollte sie so sehr, dass er es schmecken konnte. Mann, heute Abend hatte er es so richtig vermasselt. Er hätte bei ihrem ersten Date darauf bestehen sollen, ihre Mutter kennenzulernen. Dann hätte er gewusst, dass sie Mexikanerin war. Oder er hätte zuhören sollen, als seine Mutter wieder und wieder von der wunderbaren Dixon-Familie geschwärmt hatte und von deren perfekter Tochter Samantha. Damals hatte er nicht gedacht, dass das eine Rolle spielte. Jetzt schon. Und wie.

Er musste ein paar Lieder schreiben, die nicht von Jamie handelten, und zwar schnell. Vielleicht etwas über die schöne Samantha. Er ließ den Truck an.

„Und komm mir nicht mehr mit irgendwelchem Prince Charming-Quatsch, wir wissen beide, wer du wirklich bist", sagte sie mit erstickter Stimme.

„Samantha–"

„Lass es einfach."

Er schwieg. Er wusste, dass er kein Prinz war, aber er sollte verdammt sein, wenn er das nicht für sie sein wollte.

An jenem Abend, nachdem er Samantha abgesetzt hatte, tat Rico etwas, dass er nicht oft tat– er rief seine älteste Schwester Maria an, um sie um weiblichen Rat zu bitten. Sie war für ihn wie eine zweite Mutter, nur, dass sie ihm viel näherstand als seine wirkliche Mutter.

„Hey, Maria", sagte er, als sie sich meldete. „Ich bin's."

„Was ist?" Ihr besorgter Ton machte es ihm leichter, ihr sein Herz auszuschütten. Sie hatte immer ein Gespür für seine Stimmungen.

Die traurige Wahrheit war, er wusste, wie man eine Frau verführte, doch er hatte keine Ahnung, was er außerhalb des Schlafzimmers tun sollte. Seine Zeit mit Jamie hatte sich darauf beschränkt, dass sie zu seinen Baseballspielen gekommen war, zu den Auftritten seiner Schulband, zu seinem Job in der Mall. Zum ersten Mal fiel ihm auf, dass Jamie ohne die geringste Mühe in sein Leben gepasst hatte. Kein Wunder, dass er ahnungslos war.

„Ich brauche einen weiblichen Rat", gestand er.

„Ricky!", rief Maria. „Du hast endlich jemand Besonderen kennengelernt. Wer ist denn die Glückliche?"

Er knirschte mit den Zähnen. Er hatte allen vor langer Zeit, als er zwölf war, gesagt, sie sollten ihn Rico und nicht Ricky nennen. Seine Schwestern liebten es einfach, ihm das Gefühl zu geben, dass er der kleine Bruder war. Er war dreiunddreißig, verdammt nochmal.

„Samantha", sagte er. Der Name rollte von seiner Zunge. Es war ein schöner Name.

„Samantha. Warum klingt der Name vertraut?"

Vermutlich, weil seine Mutter den Rest des Thanksgivingessens über nichts anderes als über Samantha geredet hatte. Doch er wollte nicht, dass sie eins und eins zusammenzählte und ihre Mutter in sein Liebesleben hineinzog. Schon wieder.

„Ich weiß nicht", sagte er. „Also, ich habe herausgefunden, dass sie so richtig auf, du weißt schon, Romantik steht." Er suchte nach den richtigen Worten. Was hatte Samantha gesagt, als sie ihm ihre Träume gestanden hatte? „Eine süße Romanze wie im Film."

„Und du hast keine Ahnung."

„Ich habe eine Ahnung. Aber nicht die Richtige." Er erzählte ihr von den Blumen und dem Date beim Schlittschuhlaufen, das wegen des unglücklichen Missverständnisses beim Singen schiefgelaufen war.

„Einen Moment. Samantha war doch die, mit der Mom dich verkuppeln wollte. Natürlich spricht sie Spanisch, du Dummkopf!" Bei ihrer Lautstärke nahm er sich das Handy vom Ohr. „Meinst du wirklich, Mom würde dich mit jemandem zusammenbringen, der mit ihren Enkeln nicht Spanisch sprechen könnte?"

Das schon wieder? Er hatte nicht vor, Nachwuchs zu produzieren. Er rieb sich den Nacken. Er wollte in Samanthas Augen doch nur wie ein Prinz aussehen. Etwas an ihr war wie ein Impuls, dass er sich etwas mehr Mühe geben wollte.

„Also, was soll ich tun?", fragte er.

„Sie will Romantik wie im Film, also solltest du dir Liebesfilme ansehen."

„Das ist alles? Ich soll mir nur ein paar Filme ansehen?"

„Schau sie dir an und lerne, Ricky."

„Welche?"

„Ach, es gibt so viele. Hat sie gesagt, welche Filme sie am liebsten mag?"

Er ließ die Schultern hängen. „Nein."

„In Ordnung. Fang an mit *Pretty Woman*. Ooh, *Harry und Sally* ist auch genial und *Schlaflos in Seattle*. Das ist ein guter Anfang."

Er nahm einen Stift und kritzelte die Titel hinten auf eine Speisekarte. „Okay, danke. Mal sehen, ob ich die bekomme."

„Versuch, sie zu streamen oder sie online auszuleihen. Das sind ältere Filme. Du solltest sie finden können. Ruf mich an, wenn du Fragen hast."

Er verdrehte die Augen. „Ich bin mir sicher, dass ich keine Fragen haben werde."

„Die gehen schon in die Tiefe. Denk mal darüber nach, wenn du sie gesehen hast, okay?"

„In Ordnung, danke."

„Viel Glück."

Er legte auf und fand *Pretty Woman* zum Ausleihen. Der Film lief fünfzehn Minuten, und er kratzte sich am Kopf. War seine Schwester verrückt? Diese Frau war eine Prostituierte. Wie sollte ihm das denn bei Samantha helfen?

Sein Handy klingelte, und er nahm es sich. „Rico."

„Du brauchst also einen Rat in Liebesdingen und rufst Maria an und nicht mich." Es war seine andere Schwester, Elena.

„Ähm …" Er hielt den Film an.

„Du weißt schon, dass sie seit der Highschool mit Steve zusammen ist. Sie weiß *nichts*. Ich habe Erfahrung."

„Okay, Miss Erfahrung. Maria hat mir gesagt, ich soll *Pretty Woman* ansehen, aber diese Frau –"

„Das passt. Sie hat dir lauter alte Filme empfohlen, stimmt's? Lass mich dir sagen, was die moderne Frau will."

Elena war nur zwei Jahre jünger als Maria, aber Elena legte immer besonders großen Wert darauf, wer wirklich mehr über die wichtigen Dinge des Lebens wusste.

„Ich höre", sagte er.

„Versuch es mal mit *Juno* und *Wie werde ich ihn los – in zehn Tagen* … Schreibst du dir das auch alles auf?"

Er nahm einen Stift und kritzelte schnell am Rand der Speisekarte entlang.

„Ja. Moment mal. Ich will niemanden loswerden!"

„Vertraue mir."

„Wenn du meinst." Frauen waren ein vollkommenes Rätsel, doch er vertraute ihr, deswegen machte er mit.

„*Teen Lover*, das ist der Name eines Filmes", fuhr Elena fort. „Der ist alt, aber ein Klassiker. *Susi und Strolch*."

„Ist das nicht ein Zeichentrickfilm?"

„Dann solltest du ja in der Lage sein, ihn zu verstehen."

„Autsch."

„Tut mir leid, Brüderchen, aber wenn es um Frauen geht, bist du immer noch ein Anfänger. Ich hoffe, diese Frau hilft dir dabei, erwachsen zu werden."

„Ich bin erwachsen!"

„Viel Glück, Kumpel."

Sie legte auf, und er wandte sich wieder *Pretty Woman* zu. Bis zum Ende des Films war er verwirrt, doch als der Typ ihre Feuerleiter hinauf kletterte, ihr Rosen brachte und seine Höhenangst überwand, das konnte er verstehen. Es war wie *Romeo und Julia* plus Tapferkeit. Eine Kleinigkeit schrieb er sich auf: Mit Rosen die Feuerleiter raufklettern. Er hatte keine Höhenangst, aber er konnte ja so tun als ob.

Als nächstes sah er sich *Juno* an und schrieb: Den Briefkasten mit orangefarbenen Tic Tac füllen.

Bis Sonntagabend hatte er alle empfohlenen Filme gesehen. Soweit er sagen konnte, war Romantik so was wie eine Show. Eine Show zu Ehren der Frau. Und wenn man sie gewann, war dann alles golden.

Er fühlte sich vollkommen vorbereitet, Samantha für sich zu gewinnen.

~

Am Montag legte Samantha ihren üblichen Stopp beim Briefkasten ein. Sie fragte sich, ob schon bald die ersten Weihnachtskarten kommen würden. Es war erst die erste Dezemberwoche, doch es gab immer ein paar Leute, die früh dran waren und die Karten schon direkt nach Thanksgiving losschickten. Für ihre Familie war sie noch dabei, eine zu entwerfen. Vielleicht würde sie eine Collage aus den vier Jahreszeiten anfertigen. Sie öffnete den Briefkasten und eine Flut von orangenen Tic Tac quoll daraus hervor. „Ah!"

Überrascht sprang sie zurück. Was zum …? Wie viele kleine Plastikboxen brauchte man, um einen ganzen Briefkasten zu füllen? Wer tat denn so was? Spielte irgendein Teenager in der Nachbarschaft Streiche? Sie starrte die Tic Tac an, die sich auf dem Rest des Schnees von letzter Nacht ausbreiteten. Sie nahm ein paar von ihren Stiefeln und warf einen Blick in den Briefkasten. War da wenigstens noch einen Brief? Ja, ein weißer Umschlag.

Sie zog ihn heraus. Keine Briefmarke. Kein Absender. Das wurde langsam etwas unheimlich. Sie blickte die Straße hinauf und hinab und hielt nach merkwürdigen Autos Ausschau, die in der Nähe vorbeifuhren. Nichts Ungewöhnliches. Langsam öffnete sie den Briefumschlag und las die handgeschriebene Nachricht.

Samantha,

aller guten Dinge sind drei. Abendessen am Mittwochabend? Ich hole dich um sieben ab. Ruf mich an, wenn du nicht gehen möchtest. Das mit dem Lied tut mir leid. Ich arbeite an einem Neuen nur für dich.

Rico

Samantha starrte die Nachricht an. Er schrieb ein Lied nur für sie? Niemand hatte ihr jemals ein Lied geschrieben.

Dennoch war sie sich nicht sicher, ob ein drittes Date eine so gute Idee war. Die anderen beiden waren schlimm ausgegangen. Und es hatte sich nicht wirklich etwas verändert. Er war immer noch ein Playboy.

Sie schüttelte den Kopf wegen des Tic Tac-Unfugs. Sie mochte die Orangenen nicht einmal. Sie mochte die weißen.

Es war schon merkwürdig, dachte sie, als sie hineinging, um eine Tüte zu holen und die vielen kleinen Schachteln zu beseitigen, doch sie musste ihm schon Punkte für Originalität geben.

6

Mit einem Dutzend Rosen in seiner Lederjacke kletterte Rico am Mittwochabend an einer Leiter hinten an Samanthas Haus hinauf. Er würde *Pretty Woman* mit ihr spielen. Sie hatte angerufen und ihm gesagt, er solle nicht kommen, doch hatte Romeo das davon abgehalten, Julia zu besuchen? Nein, hatte es nicht. Wenn er aus all diesen Filmen eine Sache gelernt hatte, dann, dass der Typ nicht so leicht aufgab.

Ihre Eltern hatten keine Feuerleiter, aber er war sich sicher, dass eine normale Leiter denselben Zweck erfüllen würde. Er war sich nicht sicher, welches Samanthas Zimmer war. In einem Raum sah er Licht und einen Schatten, der sich darin umherbewegte. Gut genug.

Glücklicherweise war ein Großteil des Schnees, der vor zwei Tagen gefallen war, mittlerweile geschmolzen. Er lehnte die Leiter an die Hauswand, vergewisserte sich, dass sie sicher stand, und fing an hinaufzuklettern. Er hatte keine Höhenangst wie der Typ in dem Film, doch vielleicht konnte er so tun, damit es noch bedeutsamer wirkte. Er erreichte das Fenster und zog die Rosen aus seiner Jacke.

Klopf, klopf, klopf. Geduldig wartete er, dass Samantha auf sein Signal antwortete. Er klopfte noch einmal. Die Jalousie flog nach oben, und eine zierliche mexikanische Frau tauchte auf, warf einen Blick auf ihn und schrie.

Er erschrak und hätte beinahe die Balance verloren, als die Leiter schwankte. Sein Herz raste. Wenn er von dieser Leiter fiel, würde er vermutlich mit einem Haufen gebrochener Knochen im Krankenhaus landen. Die Leiter stabilisierte sich, und er versuchte, sie vom Schreien abzubringen.

„Ich bin's, Rico!", rief er durch das Fenster. „Sie kennen meine Mutter."

Sie kniff die Augen zusammen und griff langsam nach etwas.

„Ich bin's, Rico! *Mi madre es su amiga.*"

Sie kam näher. *Mierda.* Sie hatte einen Holzschläger in der Hand und sah so aus, als wäre sie durchaus bereit, ihn auch zu benutzen.

Er versuchte es noch einmal, brüllte durch das Glas. „*Mi madre–*"

Sie öffnete das Fenster einen Spalt breit.

„Tun Sie mir nicht weh", sagte er. „Ich bin Rico. Sie kennen meine Mutter. *Mi madre–*"

„Rico del Toro?", fragte sie.

Erleichtert atmete er aus, als sie den Schläger herunternahm. „Ja."

„Was machen Sie hier?"

„Ich wollte romantisch sein. Ich dachte, das wäre Samanthas Zimmer."

Ein Grinsen breitete sich auf ihrem Gesicht aus. „Sie gehen nirgendwo hin, Rico del Toro."

„Ähm, okay." Das hier lief so gar nicht wie im Film.

Ein paar Minuten später tauchte Samantha an der Seite ihrer Mutter auf. Sein Herz begann merkwürdig zu stolpern.

„Siehst du?", sagte ihre Mutter und deutete auf ihn. „Romantisch."

Samantha eilte zum Fenster. „Was machst du denn hier? Ich habe doch gesagt, du sollst nicht kommen."

„Sam!", ermahnte ihre Mutter sie.

„Ich überwinde meine Höhenangst, um dir Rosen zu bringen." Er bedeutete ihr, das Fenster etwas weiter zu öffnen, und reichte sie ihr.

Verwirrt zog sie die Augenbrauen zusammen. „Du musstest für mich keine Höhenangst überwinden."

Ihre Mutter machte tststs. „Was sagt man zu so einem netten jungen Mann?"

„Danke", sagte Samantha. Ihre Stirn war gerunzelt, und sie starrte ihn an, als hätte er den Verstand verloren. Vielleicht stimmte das auch.

„Kommen Sie durch die Haustür", sagte ihre Mutter. „Wir wollten Sie sowieso gern kennenlernen."

Er nickte. Mission erfüllt. Er kletterte die Leiter hinunter, froh, dass er so langsam diesen Romantikdreh raushatte.

Samantha stellte die Rosen in eine Vase und grübelte über die Tatsache, dass er ihr nun schon zweimal Rosen geschenkt hatte. Es war merkwürdig, wie er hier heute Abend aufgetaucht war, nachdem sie ihm auf den Anrufbeantworter gesprochen und ganz höflich die Einladung zum Abendessen abgelehnt hatte. Hatte ihre Mutter ihn dazu gebracht?

Sie sah zum Fenster hinaus und beobachtete, wie er die Leiter auf das Ladebrett seines Trucks lud. Sie hatten nie zuvor über seine Höhenangst gesprochen. Schon cool, dass er seine Angst überwunden hatte, nur, um ihr diese Blumen zu geben.

Er stolzierte den Weg entlang. Der Mann hatte wirklich Selbstbewusstsein. Sie öffnete die Tür, bevor er anklopfen konnte.

Er setzte ein charmantes Lächeln auf, und sie spürte als Reaktion ein Flattern in ihrer Magengegend. Der Mann war einfach zu gut in dem, was er tat –dieses verführerische Lächeln und die intensiven Blicke. Als sie keine Anstalten machte, ihn ins Haus zu bitten, und ihn nur anstarrte, begann er zu sprechen.

„Deine Mutter wollte mich kennenlernen."

„Ach ja. Komm rein." Sie drehte sich um und rief in Richtung Küche: „Ma, Rico ist hier!"

Ihre Mutter eilte in den Flur und umarmte ihn gleich.

Dann löste sie sich von ihm und lächelte. „Ich bin Terisa Medina Dixon. Aber nennen Sie mich ruhig Terisa."

Samantha blieb der Mund offen stehen, und sie starrte ihre Mutter an. Sie bestand immer darauf, Mrs. Dixon genannt zu werden. Das war einfach eine Frage des Respekts. Was hatte Rico denn an sich, dass sie gleich so vertraut mit ihm umging? Dachte sie immer noch, sie hätte eine Ehe arrangiert? *Bitte.*

Ricos Lächeln erhellte sein Gesicht. Mit seinen perfekten weißen Zähnen und den warmen braunen Augen, die so hübsch funkelten, war er absurd gutaussehend. „Schön, Sie kennenzulernen, Terisa, ich bin Rico."

Ihre Mutter kicherte. Kicherte! Ihre Mutter kicherte niemals. „Ja, ja, ich weiß. Kommen Sie, ich stelle Ihnen meinen Mann vor."

Rico folgte ihrer Mutter ins Wohnzimmer, wo ihr Vater sich die Nachrichten ansah.

„Lee!", sagte ihre Mutter scharf.

Ihr Vater zuckte zusammen und drehte sich um. „Oh, hey!" Er stand auf und durchquerte den Raum, um Rico herzlich die Hand zu schütteln. „Sie müssen Rico sein. Man hört hier nichts anderes mehr."

Samanthas Wangen brannten. Es war nicht sie, die die ganze Zeit über Rico sprach.

„Ich hoffe, nur Gutes", sagte Rico, sah zu Samantha und lächelte sie noch einmal umwerfend an.

Ihr Vater klopfte ihm auf den Rücken. „Natürlich, Sie sind der Auserwählte."

„Dad! Bitte." Sie drehte sich zu Rico um. „Das ist mein Vater."

Rico nickte. „Sehr erfreut, Sie kennenzulernen, Sir."

„Was für gute Manieren", schnurrte ihre Mutter. „Habt Spaß, ihr beiden!"

Samantha packte Ricos Hand und zog ihn aus dem Raum. Ihre Eltern waren so peinlich. „Bye!"

„Junge, du hast es aber eilig, mit mir allein zu sein", sagte Rico.

Sie schüttelte den Kopf. „Warum genau bist du hier?"

„Ich bin deinetwegen hier", sagte er schlicht.

„Rico, ich bin dir dankbar für die Blumen, das bin ich wirklich, aber wenn es irgendeine schräge Sache zwischen unseren Müttern ist, dann mach dir deswegen keine Sorgen. Du hast deinen Teil erledigt. Du bist vom Haken. Geh dir die nächste Beute suchen."

Er nahm ihre Hand. Seine raue Handfläche an ihrer jagte ein Kribbeln ihren Arm hinauf. „Ich suche nicht nach Beute. Wenn du mir nur noch eine Chance gibst, dann werde ich es beweisen."

„Warum?"

„Weil ich mich deinetwegen mehr bemühen möchte. Ich möchte für dich ein Prinz sein."

Samantha spürte, wie sie schwach wurde. Das war wirklich süß. Und er sah so ernst aus.

Er küsste ihren Handrücken. „Bitte."

Sie atmete tief ein und nickte.

Er hielt ihre Hand, während sie weiter nach draußen gingen und Samantha nicht fassen konnte, dass sie tatsächlich einem dritten Date mit Rico zugestimmt hatte. Immer wieder sah sie ihn verstohlen an. Ihr fiel es immer noch schwer, sich an diese unerwartete romantische Seite an ihm zu gewöhnen. Sie hatte ihm nicht gesagt, dass *er* irgendetwas davon tun sollte, als sie an jenem Tag Santa ihr Herz ausgeschüttet hatte. Er musste wohl wirklich so sein, wenn ihm etwas an einer Frau lag.

Er öffnete ihr die Beifahrertür, wartete, bis sie eingestiegen war, und schloss sie wieder. Sie betrachtete die Mittelkonsole und sah einen kleinen spiralförmigen Farn, der in einem Becherhalter steckte.

Er stieg ein und nahm die Pflanze. „Der ist für dich. Das ist ein Liebesfarn."

Sie starrte ihn an. „Ein was?"

„Du weißt schon, ein Liebesfarn. Ein Symbol für Beziehung."

„Beziehung", echote sie. „Haben wir eine Beziehung?"

Er beugte sich hinüber und küsste sie auf die Wange, die plötzlich ganz warm wurde.

„Das ist symbolisch", sagte er.

Sie starrte ihn verwirrt an. Erst Rosen, dann ein Farn. „Ähm, danke dir."

„Ich fahre mit dir zu einem Restaurant, wo die hausgemachten Nudeln großartig sind. Magst du chinesische Nudeln?"

„Klar."

„Gut." Er fuhr los und tippte mit seinen Fingern im Takt zu „Merry Christmas, Baby" von Bruce Springsteen auf das Lenkrad.

Samantha entspannte sich in ihrem Sitz, sah hin und wieder zu Rico hinüber und dann auf den Farn. Es war merkwürdig, doch auf gewisse Weise auch schön. Sie spürte, wie sie weich wurde. Es war ja nicht seine Schuld, dass sie sich durch ihre verrückten Mütter kennengelernt hatten. Vielleicht hatte sie sich wirklich in ihm getäuscht. Vielleicht war er gar kein Playboy. Vielleicht war er die ersten zwei Male, die sie ihn gesehen hatte, nur nervös gewesen, und jetzt war er er selbst. Es war schön, mit einem ehrlichen Mann zusammen zu sein, vor allem nach diesem Lügner Tim mit seinen zwei Gesichtern.

Sie kamen im Restaurant an, und Rico half ihr aus dem Mantel. Seine warmen Hände streiften ihre Schultern, und sie spürte ein heißes Beben. „Du siehst heute Abend wunderschön aus", murmelte er neben ihrem Ohr.

„Danke", flüsterte sie.

Er zog den Stuhl für sie heraus. So langsam gewöhnte sie sich an seine guten Manieren. Sie konnte die Typen an einer Hand abzählen, die sich jemals die Mühe gemacht hatten, irgendetwas Kavaliermäßiges für sie zu tun, wie ihr auch nur die Tür aufzuhalten oder einen Stuhl zurechtzurücken.

Rico öffnete die Speisekarte. „Komm, wir teilen uns das Phoenix Spezial. Hier steht, dass es genug für zwei ist."

Sie sah sich die Speisekarte an. Nudeln, Gemüse und Shrimps. „Hört sich gut an."

Rico lächelte sie an. Sie erwiderte es und badete im Sonnenschein dieses Lächelns.

„Rico, ich bin dir dankbar für alles, was du getan hast, das mit den Tic Tacs und den Rosen und dass du deine Höhenangst überwunden hast und für den, ähm, Liebesfarn, aber du musst das alles nicht für mich tun. Ich wäre schon mit einem netten Abendessen glücklich gewesen."

„Das ist aber nicht das, was du Santa erzählt hast", neckte er sie.

Sie biss sich auf die Lippe. „Das ist doch bloß eine Fantasie. Ich weiß, dass es so was in der Realität nicht gibt."

Er verflocht seine Finger mit ihren und schenkte ihr einen heißen Blick. „Ich will dafür sorgen, dass deine Fantasien wahr werden."

Ein Schauer durchfuhr sie. Sie hatte das Gefühl, dass er auf viele interessante Weisen ihre Fantasien wahr werden lassen konnte. Es war lange her. Viel zu lang. „Du bist süß."

Er lachte. „Niemand hat mich je süß genannt."

„Aber das bist du!"

Mit dem Daumen streichelte er ihre Handfläche. „Dann bin ich also kein Playboy?"

„Sag du's mir."

„Das war ich mal. Aber bei dir möchte ich mehr."

„Ach so?"

Er lächelte. „Ja."

Ihr Essen kam. Ein großer Haufen Nudeln.

Samantha hob ihre Gabel. Er stoppte ihre Hand. „Warte. Lass uns wirklich teilen."

Er hob eine Nudel an ihren Mund und nahm das andere Ende. Die Alarmglocken schrillten in ihr. Das war genau wie bei *Susi und Strolch*. Den Film hatte sie sich oft mit ihrer Nichte Gabriella angesehen.

Sie biss die Nudel ab. „Das ist *Susi und Strolch*."

„Romantisch, nicht wahr?"

Sie rieb sich die Schläfe. Alles, was er heute Abend getan hatte, war so merkwürdig gewesen. Stammte das alles aus Filmen? Ihre vorige Begeisterung von seinen Gesten ließ nach. Spielte er immer noch mit ihr?

„Woher stammt die Idee mit dem Liebesfarn?", fragte sie.

„Das ist doch nur eine Geste. Du weißt schon, romantisch. *Wie man ihn los wird*."

Sie zog ihre Brauen zusammen. „Ihn los wird?"

„Ich weiß, das klingt verrückt. Aber letzten Endes war es ein romantischer Film."

„Den kenne ich gar nicht." Sie bekam ein wirklich schlechtes Gefühl. „Die Rosen auf der Leiter? War das *Romeo und Julia*?"

„Ein Klassiker. Kommt aber auch in *Pretty Woman* vor."

„Hast du wirklich Höhenangst?" Ihre Stimme wurde lauter, doch sie konnte nicht anders. So langsam fühlte sie sich wie ein Idiot, weil sie auf diesen Sack voller Tricks hereingefallen war, die er aus Filmen gestohlen hatte.

„Nicht mehr", sagte er.

Sie schüttelte den Kopf. „Orangene Tic Tacs?" Sie schlug sich vor die Stirn. „Jetzt weiß ich's wieder. Das war aus *Juno*. War irgendetwas, was heute passiert ist, wirklich du?"

„Sicher."

„Welcher Teil?"

„Ich mag Nudeln."

Ihr Kopf tat weh und ihr Herz auch. Das war so enttäuschend. Sie hatte wirklich gedacht, dass sie den wahren Rico sähe, während das Ganze nur ein großes Schauspiel gewesen war.

„Rico, das ist einfach zu merkwürdig. Ich will nach Hause."

„Aber wir haben doch gerade erst mit dem Essen angefangen."

„Dann warte ich im Truck auf dich." Sie stand auf und eilte zum Ausgang. Es war egal, dass es draußen eiskalt war. So war sie überzeugt, dass ihr erster Eindruck doch richtig gewesen war. Er war ein Playboy. Er tat romantisch, um sie ins Bett zu bekommen. Und sie hatte gedacht, dass er ehrlich war. Ja, sie wollte Romantik, aber nur, wenn diese Person romantisch war, weil sie wirklich etwas für sie empfand. Und was noch wichtiger war, sie wollte jemanden, der ehrlich zu ihr war.

Sie drehte sich gerade in dem Moment um, als Rico auf sie zugewalzt kam, und zwar mit wilder Entschlossenheit. Er sah wütend aus. Sie eilte auf die andere Seite des Trucks. Er änderte die Richtung und kam geradewegs auf sie zu. Sie quietschte und lief davon.

Er packte sie am Arm, wirbelte sie zu sich herum, dass sie ihn ansehen musste, und legte seine Hände auf ihre Schultern. Er keuchte. „Das habe ich in *Harry und Sally* gesehen. Er folgt ihr. Das wenigstens hast du mir leicht gemacht."

„O mein Gott. Wirst du heute Abend in meinem Garten einen Ghettoblaster hochhalten und *unser* Lied spielen?"

Er nickte wissend. „*Teenager Liebe*. Das gibt es heute gar nicht mehr. Ich habe nachgesehen."

Sie starrte ihn ungläubig an.

„Ich könnte einen iPod hochhalten", bot er an. Als sie ihn nur anstarrte, fügte er hinzu: „Wir könnten uns immer noch oben auf dem Empire State Building treffen."

Schlaflos in Seattle.

„Was stimmt denn nicht mit dir?", fragte sie empört. „Kannst du nicht einfach du selbst sein?"

Sie legte die Arme um sich. Sie fühlte sich wie ein vollkommener Idiot, weil sie sich von all diesen Lügen hatte beeindrucken lassen. Er musterte sie einen Moment lang, und seine Hände lockerten sich an ihren Schultern. Gut. Sie wollte einfach nur, dass all diese merkwürdigen Dinge –

Plötzlich war sie flach gegen seinen Körper gepresst, während eine Hand sich unten an ihren Rücken legte, die andere ihren Hinterkopf umfasste. Der Kuss war wild und sinnlich, sein Mund forderte ihren, seine Zunge stieß hinein und Hitze durchströmte sie. Seine Bartstoppeln kratzten sie, und ihre Knie wurden weich. Himmel, er war ein guter Küsser. Er schob sein Bein zwischen ihre, und sie pochte für ihn. Der Kuss ging weiter und weiter, die köstliche Reibung seines Beines zwischen ihren ließ die Anspannung in ihrem Inneren wachsen. O mein Gott, sie würde –

Er zog sich zurück, nahm sein Bein zwischen ihren weg und sah ihr in die Augen. „Das war ich."

Ihr fehlten die Worte. Sie nickte. Dann küsste er sie erneut, und dieses großartige Bein war zurück. Seine Hände wanderten auf ihren Po, bewegten sie, und die Anspannung begann erneut zu wachsen, Empfindung nach Empfindung, alles auf den einen Punkt konzentriert, den er durch ihre Jeans erreicht hatte. Sie stöhnte, es war ihr sogar egal, dass sie auf einem Parkplatz waren. Er war wie eine Droge, und sie konnte nicht genug von ihm bekommen. Ihre Hände verkrallten sich in seinem Hemd, pressten ihn an sich, wollten nicht, dass der Kuss endete.

„Hey, Rico!", rief die Stimme einer Frau.

Rico unterbrach den Kuss, ließ Samantha los, um zu einer schönen Rothaarigen hinüber zu blicken, die in einem Miniaturrock und hohen Absätzen, die für einen Dezember in Connecticut vollkommen ungeeignet waren, *sehr* viel Bein zeigte.

„Das Nudeldate funktioniert also bei dir!", rief die Rothaarige grinsend.

„Verzieh dich, Jolene!", rief Rico amüsiert zurück.

Samantha stolperte zurück. Ihre Beine fühlten sich an wie Gelee. Sie pochte immer noch, war heiß und feucht vor Verlangen. Doch sie war für ihn nur eine von vielen.

„Das hier ist nur ein Teil deiner typischen Datingroutine, stimmt's?", fragte Samantha. „Gott, ich bin solch eine Idiotin."

„Nein! Also gut, ich war hier schon mal mit einem Date, aber–"

„Nach Hause."

Sie ging zur Beifahrerseite des Trucks und wartete darauf, dass er aufschloss. Er atmete laut aus und öffnete dann ihre Tür.

„Samantha, du bist kein Mädchen wie Jolene–"

„Das kannst du dir sparen. Ich brauche keine hübschen Worte oder eine vorgespielte Romanze. Spar's dir einfach." Sie blinzelte Tränen beiseite. Sie konnte es nicht fassen, dass sie so eingenommen gewesen war von … dass sie fast … nur von einem Kuss.

Sie war eine Idiotin.

Vorsichtig schloss er die Tür, und sie lehnte ihre Stirn gegen das kühle Fenster.

Sie wünschte sich, sie hätte Rico del Toro nie kennengelernt.

Rico war seit Jahren nicht mehr zur Vorsorgeuntersuchung beim Arzt gewesen. Als er jedoch dieses sonderbare Herzrasen hatte, ließ er sich einen Termin geben. Er hatte das jetzt immer häufiger, und es machte ihm Angst.

Dr. Amoretto untersuchte ihn routiniert und wirkte sehr gelassen, als er etwas in Ricos Karteikarte eintrug. Er schien nicht zu befürchten, dass Rico jeden Moment den Abgang machen könnte. Rico hielt die Spannung nicht mehr aus.

„Mir geht es also gut, Doc?"

Dr. Amoretto unterbrach sein Schreiben. „Sie scheinen ein gesunder dreiunddreißigjähriger Mann zu sein."

„Gut. Okay."

Der Arzt schrieb weiter und sah dann auf. „Ihre Blutwerte haben wir in ein paar Tagen, aber ich erwarte da nichts Besorgniserregendes."

Rico nickte.

Der Arzt legte seinen Stift ab. „Sonst irgendwas, worüber Sie heute gerne reden würden?"

Rico verspannte sich. Sollte er sein Herz erwähnen? Es hatte ihm den ganzen Tag keine Probleme bereitet. Doch eigentlich war es ja überhaupt erst der Grund für diesen Termin gewesen. Er würde wahrscheinlich eine ganze Weile nicht wiederkommen.

Rico starrte auf die Menora neben einem kleinen künstlichen Weihnachtsbaum auf dem Schrank. „Eine Sache nur", sagte er langsam.

„Und die wäre?"

Rico rieb sich die Brust und sah den Arzt an, der ihn ganz ruhig musterte. „Ich habe in letzter Zeit dieses merkwürdige Herzrasen. Irgendwie schmerzhaft."

Der Arzt nahm seinen Stift wieder zur Hand. „Können Sie den Schmerz beschreiben?"

„Es ist, als würde es zwischendurch aussetzen. Manchmal drückt es oder, ich weiß nicht, schlägt Purzelbäume."

Dr. Amoretto stand auf, steckte sein Stethoskop wieder in die Ohren und hörte sich erneut Ricos Herz an. Ein paar Minuten später nahm er das Stethoskop aus den Ohren. „Für mich klingt es normal. Was haben Sie denn gerade gemacht, als das passiert ist?"

Rico zuckte die Schultern. „Das letzte Mal war ich bei einem Date und stand einfach nur auf dem Parkplatz."

„Und die anderen Male?"

Rico dachte darüber nach. „Einmal war ich bei ihr zu Hause. Einmal im Truck."

Der Mundwinkel des Arztes hob sich. „Mit derselben Frau im Truck?"

„Ja." Er war mit Samantha zusammen gewesen, aber was hatte das mit ihr zu tun?

Der Arzt verschränkte seine Arme und grinste. „Dann ist meine Diagnose einfach: Sie sind verliebt."

Rico brach der kalte Schweiß aus, obwohl ihm sonst immer leicht heiß war. Wie bitte?

„Oder Sie haben Lust", fuhr der Arzt fort. „Das eine oder andere. Es ist definitiv die Frau."

Er hatte schon unzählige Male Lust gehabt, ohne dass sein Herz so merkwürdig reagiert hatte.

Es traf ihn wie ein Schlag ins Gesicht, es schockierte und stach ihn, denn das letzte Mal, dass er Samantha gesehen hatte, hatte sie nichts mit ihm zu tun haben wollen. Er war verliebt? So hatte er sich nicht einmal bei Jamie gefühlt. Sie war vertraut gewesen, warm, unkompliziert. Samantha war wie ein Schock für sein System. Ein verdammter Weckruf für sein Leben. Das musste die Art Liebe sein, die Trav dazu brachte, Daisy wie einem verlorenen Welpen nachzulaufen. Er hatte Trav ausgelacht. Jetzt lachte er nicht mehr.

Er musste Samantha zurückbekommen.

Samantha arbeitete an ihrem neuesten Freelance-Projekt – einem Buchcover für eine Bestseller-Einhorn-Fantasy-Serie – und stellte plötzlich fest, dass sie dem Einhorn Stoppeln an den Wangen verpasst hatte, weil sie an Rico gedacht hatte. Was war nur los mit ihr? Als Rico sie zwei Tage zuvor nach diesem merkwürdigen Date abgesetzt hatte, war sie sich sicher gewesen, dass ihr nie etwas Schlimmeres passiert war, als ihn kennenzulernen, doch jetzt … Sie musste immer wieder an diesen Kuss denken. Ihren … Beinahe-Kuss-gasmus. So etwas hatte sie noch nie erlebt.

Natürlich war er ein guter Küsser. Er hatte ja auch reichlich Übung.

Er bemühte sich zu sehr.

Dennoch war es schon irgendwie nett, dass ein Typ tatsächlich versuchte, sie zu beeindrucken. Auch wenn das in die falsche Richtung lief, komisch und falsch war.

Sie nahm ihr Handy, um ihre Schwester Lucia anzurufen, die einzige Person auf dem Planeten, der sie von dem Mann erzählen konnte, den ihre Mutter für die arrangierte Ehe ausgesucht hatte. Sie schüttelte den Kopf. Die ganze Zeit mit Rico war einfach vollkommen lächerlich gewesen – eine arrangierte Ehe, ein Arrangement ihrer Mütter. Also wirklich! Als würde irgendeine gute Romanze jemals *so* beginnen.

Sie wählte Lucias Nummer.

„Was?", meldete sich ihre Schwester.

„Ähm, hallo? Sam hier."

„Mir brennt das Abendessen an, und Gabriella benutzt die Möbel als ihre privaten–" Ihre Stimme rief in den Nachbarraum: „Hör auf, auf dem Sofa rumzuspringen! Ich habe keine Lust, nochmal in die Notaufnahme zu fahren! Santa beobachtet dich!" Sie kam zurück ans Telefon. „Ich brauche eine Pause. Lust auf spätabendliches Weihnachtsshoppen, sobald Joe nach Hause kommt?"

„Klar."

„Okay, bye."

Samantha machte sich wieder an ihr Einhorn und radierte die Stoppeln weg. Das war einfach genauso lächerlich wie der Rest ihres Lebens.

An jenem Abend wagte Samantha sich mit ihrer Schwester in den Mega Toy Crazy Store.

„Das ist ein zweistündiger Sonderverkauf", sagte Lucia, während sie sie auf den Parkplatz manövrierte. „Komm schon! Unsere Mission ist Violet. Ich habe gehört, dass sie eine neue Lieferung bekommen haben."

Lucia sprang erstaunlich behände für eine Schwangere mit Morgenübelkeit aus dem Wagen und war schon halb beim Eingang, als Samantha erst zu laufen begann, um sie einzuholen.

So viel zum Thema schwesterlicher Austausch über Männer, dachte Samantha bitter. Lucia hatte die ganze Fahrt über ihre ständige Müdigkeit in der Schwangerschaft geklagt und über die Übelkeit und dass sie sich sicher war, dass Gabriella ihnen nur etwas vorspielte, weil sie wusste, dass sie nicht mehr die Nummer eins war.

Sie folgte Lucia dorthin, wo ein ganzer Schwarm über die Puppenabteilung herfiel. Samantha blieb zurück. Das Neonlicht von oben, dazu die Menschenmenge und „Feliz Navidad", das aus den Lautsprechern dröhnte, hätten sie am liebsten schreiend aus dem Laden rennen lassen. Was um alles in der Welt war denn so toll an einer Violet-Puppe? Sie wartete, während die Stimmen lauter und leiser wurden, als die Leute einander wegdrängten, um die ersehnte Puppe zu bekommen. Ein paar Leute tauchten triumphierend wieder auf, und dann erschien Lucia, die Violet-Puppe ganz eng an sich gedrückt, um sie vor einem eventuellen Puppennapping durch eine andere wild entschlossene Mutter zu schützen.

Lucia strahlte. „Hab sie!"

Die Puppe trug ein lila Kleid, lila Schuhe und hatte große lila Augen. Irgendwie gruselig, um ehrlich zu sein. Wenigstens waren ihre Haare braun, nicht lila.

„Was ist denn so besonders an …" Samanthas Stimme erstarb in ihrer Kehle. Rico kam direkt auf sie zu, eine Violet-Puppe unter den Arm geklemmt wie einen Football. „Das ist er", sagte sie leise zu Lucia.

„Wer?", fragte Lucia laut.

„Hey", sagte Rico und blieb direkt vor ihr stehen. Er roch nach Moschus und Leder, ihre Knie wurden weich.

„Hey", krächzte Samantha. Sie räusperte sich. „Das ist meine Schwester, Lucia. Lucia, Rico."

Rico schüttelte ihr die Hand. „Schön, dich kennenzulernen. Wir sind wohl beide Sieger."

„Es war knapp." Lucia grinste. „Gott sei Dank hab ich mir mit meinen Ellbogen einen Weg hineingebahnt."

„Warum kaufst du denn eine Violet-Puppe?", fragte Samantha Rico.

War das noch so eine von seinen schrägen Sachen? War er ihr hierher gefolgt, wegen irgendeines Filmes? Ihr lief ein Schauer über den Rücken. War er ein Stalker?

Rico lächelte verlegen. „Meine Schwester hat mich gebeten, eine für meine Nichte Sofia zu besorgen. In Florida sind sie ausverkauft."

„Oh."

Sie starrten einander an, hier, mitten im Megaspielzeugwahnsinn, umgeben von wild entschlossenen Eltern. *Du kriegst mich nicht rum*, sagte sie ihm telepathisch. *Ganz egal, wie gut du küssen kannst.*

„Ich werde mich einfach, ähm, ein bisschen weiter umsehen", sagte Lucia und schlenderte davon. Sie rief über die Schulter: „Wir treffen uns an der Kasse!"

„Okay!", rief Samantha.

„Samantha", sagte Rico.

Wie er ihren Namen aussprach klang wie eine Melodie.

Die meisten nannten sie einfach nur Sam.

„Was?", fragte sie und suchte nach Kraft gegen seinen offensichtlichen Charme. Das war genau der Grund, weswegen er ein Playboy war. Frauen fielen auf solches Zeug herein. Sie war stärker als das.

Er nahm ihre Hand und zog sie von der Menge fort. Er sah so merkwürdig aus in dieser Umgebung mit seiner schwarzen Lederjacke und den abgewetzten Jeans, wie ein Motorrad fahrender Bad Boy. Hinter ihm hingen rosa glitzernde Prinzessinnenkostüme.

„Was ich neulich Abend gesagt habe, habe ich auch so gemeint", sagte er eindringlich. „Du bist nicht wie die anderen Mädchen, wie Jolene, die nur auf der Suche nach Spaß ist. Das macht dich so besonders."

„Und was ist mit dir? Du bist wie sie, willst deinen Spaß. Stimmt das nicht? Wenn deine Mutter es nicht arrangiert hätte, hättest du jemanden wie mich niemals um eine Verabredung gebeten."

„Nein, aber –"

„Ich möchte nicht eine auf deiner langen Liste von Eroberungen sein."

„Ich führe keine Liste", sagte er und grinste kurz. Er tippte sich an den Kopf. „Das ist alles hier oben."

Ganz genau. Samantha war nicht auf der Suche nach einer schnellen Nummer. Sie wollte eine wirkliche Beziehung mit jemandem, dem wirklich etwas an ihr lag. Mit jemandem, der ihr nichts vorspielte.

„Leb wohl, Rico." Sie sah noch sein Stirnrunzeln, bevor sie sich umdrehte und sich dann beeilte, zu ihrer Schwester zu kommen.

Sie fand Lucia fast am Ende einer langen Schlange.

„Alles okay?", fragte Lucia.

„Jaja, alles okay", sagte Samantha.

Lucia hob eine Braue. „Wer war das?"

Samantha beugte sich zu ihr vor, um Lucia ins Ohr zu flüstern: „Der Typ, mit dem Mom mich verkuppeln wollte."

Lucia starrte sie mit offenem Mund an. „Er ist umwerfend! Ich fasse es nicht, dass er derjenige ist, mit dem Mom dich zusammenbringen wollte. Er sieht aus wie ein Sexgott." Sie fächelte sich Luft zu. „Ich hätte doch zulassen sollen, dass Mom mich vor all diesen Jahren mit jemandem verkuppelt."

„Er ist ein unreifes, wildes Tier, auf das die Frauen stehen", erwiderte Samantha so ruhig, wie sie nur konnte. Aus dem Augenwinkel sah sie eine schwarze Lederjacke, als Rico auf seinem Weg zu einer anderen langen Schlange an ihr vorbeikam. Sie versteifte sich und konzentrierte sich auf Lucia.

„Da ist er ja!", rief Lucia. Sie winkte. Rico winkte zurück.

Samanthas Wangen brannten. „Ignorier ihn bitte einfach."

„Wirst du noch einmal mit ihm ausgehen?", fragte Lucia aus dem Mundwinkel, warf immer noch verstohlene Blicke in Ricos Richtung.

„Nein. Und hör auf, ihn anzustarren!", zischte sie. „Schenk ihm einfach keine Beachtung."

„Bist du verrückt?", fragte Lucia und wedelte sich erneut Luft zu.

Samantha packte Lucias wedelnde Hand. „Hör damit auf. Er kann dich sehen."

Lucia sah sie vielsagend an. „Ich bin verheiratet und schwanger, und selbst ich will ihn. Natürlich ist er ein wildes Tier. Vermutlich muss er Frauen mit der Keule jagen."

Samantha hob ihr Kinn. „Nicht diese Frau."

„Von wegen …", murmelte ihre Schwester und sah bewundernd zu Rico hinüber.

Samantha sah ebenfalls hin. Rico hob eine Hand, um zu grüßen. Sie wandte den Blick wieder nach vorn, ignorierte, dass ihr ganzer Körper rot anlief, und betete, dass er es von seiner Schlange aus nicht sehen konnte.

8

Rico kehrte mit der Violet-Puppe zu seinem Apartment zurück, fühlte sich niedriger als ein dahergelaufener Straßenköter. Warum musste er sich unbedingt in Samantha verlieben, die ganz offensichtlich nichts mit ihm zu tun haben wollte? Sie hatten drei Dates gehabt, alle waren schlecht ausgegangen, und sie schien gegen seinen üblichen Charme immun zu sein. Mit den meisten Frauen hätte er bereits geschlafen. Beim ersten, spätestens beim zweiten Date. Es schien sie wirklich zu stören, dass er Erfahrung hatte. Sie sollte doch glücklich sein. Das hieß doch, er wusste, was er tat.

Er setzte die Puppe in den Schlafzimmerschrank, da er nicht wollte, dass Violets gruselige, große, lila Augen ihn das ganze Wochenende überall hin verfolgten. Am Montag würde er sie zur Post bringen. Er ging in die Küche, um sich ein Bier zu holen. Normalerweise würde er an einem Freitagabend in die Bar gehen und sich dort jemanden abschleppen, doch dazu hatte er jetzt, da er verliebt war, keine Lust mehr. *Schönen Dank auch, Ma. Du hast wirklich ein Händchen für so was.* Das war die ultimative Racheaktion für sein Herumhuren. Die Ironie entging ihm nicht.

Er öffnete die Dose und trank einen langen Schluck. Er

sollte Elena anrufen und sie wissen lassen, dass er die Puppe bekommen hatte. Er holte sein Handy hervor und wählte ihre Nummer.

Als sie sich meldete, überraschte er sich selbst, als es aus ihm hervorplatzte: „Der Arzt meint, ich sei verliebt."

„Rico?"

„Ja."

„Hast du Violet bekommen?"

„Ja, ich habe die Puppe. Hast du mich gehört?"

„Ich habe dich gehört, aber das ergibt überhaupt keinen Sinn. Der Arzt meint, du seist verliebt? Gehst du zu einem Psychiater?"

„Nein." Er seufzte. „Ich dachte, ich hätte was am Herzen, deswegen bin ich zum Arzt gegangen. Aber der meinte, mein Herz sei in Ordnung und–"

„Du bist verliebt."

„Ich brauche einen Rat. Sie will nichts mit mir zu tun haben." Dann fügte er hinzu, um ihr Honig um den Bart zu schmieren: „Ich frage dich als Erste."

„Pfff. Du solltest mich immer als Erste fragen. Ist es Samantha?"

„Ja."

„Sie ist nicht auf dein romantisches Date abgefahren? Was habt ihr am Ende überhaupt gemacht?"

„Ich will nicht darüber reden."

„Wie kann ich dir helfen, wenn du mir nicht sagst, was du falsch gemacht hast?"

Er begann, auf und ab zu gehen. „Ich habe gar nichts falsch gemacht! Ich habe alles gemacht, was die Typen in den Filmen machen!"

„Alles?"

„Ja!"

„Hmmm …"

Er blieb stehen und seufzte. „Sie reitet immer auf der Sache herum, dass ich mit anderen Frauen zusammen gewesen bin. Warum spielt das überhaupt eine Rolle? Ich bin mir sicher, dass sie auch andere Männer gehabt hat. Gott, ich hoffe es zumindest."

Er schauderte. Er wollte keine dreißig Jahre alte Jungfrau erobern. Das war selbst für ihn zu viel Druck.

„Was genau hat sie denn gesagt?", fragte Elena.

Er starrte auf das Bier in seiner Hand und dachte angestrengt nach. „Ich weiß nicht. Etwas darüber, Teil auf meiner langen Liste von Eroberungen zu sein."

„Hast du mit den anderen Frauen angegeben?"

„Nein! Ich bin doch nicht blöd. Wir sind zufällig Jolene begegnet, und da war noch dieses Lied über Jamie–"

„Oh okay, Brüderchen, ich hab's verstanden. Das ist simpel. Sie möchte sich als etwas Besonderes fühlen."

„Ich habe ihr doch gesagt, dass sie was Besonderes ist."

„Das reicht aber nicht. Okay, wie wäre es damit ..."

Rico lauschte, und ihm war ein wenig mulmig zumute, dann beendete er rasch das Gespräch. Sollte er das wirklich tun? Konnte er sich dazu bringen, *das* zu tun?

Am nächsten Morgen stand Rico schon vor der Tür, als das Book It öffnete. Er wollte der erste im Buchladen sein – rein und raus, keine Zeugen. Die Besitzerin, Rachel Miller, der auch das *Something's Brewing Café* gehörte, drehte das Schild auf Geöffnet und ließ ihn herein.

„Guten Morgen, Rico", sagte sie. „Dich habe ich ja noch nie hier gesehen. Kann ich dir helfen?"

Sein Blick wanderte im Geschäft umher. „Ich will mich nur umsehen."

Sie gestikulierte nach innen. „Viel Spaß."

Er schlenderte durch die Gänge, betrachtete die Schilder an den Regalen. Geschichte, Biografie, Sport. Nein, nein, nein. Er ging weiter. Kinderabteilung. Er suchte ein paar Bilderbücher für seine jüngste Nichte und ein paar Abenteuerromane für die älteren Nichten und Neffen aus. Das war auf jeden Fall ein gutes Cover für seine wirkliche Mission. Er ging weiter. Kochbücher, Hobbys, Krimis. Und dann fand er es. Das Schild für die große Abteilung, das in geschwungenen violetten Buchstaben geschrieben war: Liebesromane.

Das Glöckchen ertönte über der Eingangstür, und er ging schnell zurück zu den Kriminalromanen. Er nahm ein Buch und sah zu, wie eine ältere Frau näherkam. Sie ging geradewegs zu den Liebesromanen und suchte sich ein Buch aus. Er beobachtete sie. Das Buch stand im Regal mit den Neuerscheinungen. Sie ging zur Kasse. Er nahm ein Exemplar genau dieses Buches und versteckte es unter dem Krimi in seiner Hand.

Die Bücher wurden nun etwas unhandlich. Er brauchte einen Korb oder so was. Er legte den Stapel Bücher auf den Boden und tat so, als würde er sich die Krimis ansehen, während er lauschte, wie Rachel sich mit ihrer Kundin unterhielt und kassierte. Endlich ging die Frau.

Rico nahm ein Exemplar von allen Neuerscheinungen aus dem entsprechenden Regal, sodass er auf insgesamt ein Dutzend Liebesromane kam. Elena sollte besser wissen, worüber sie sprach, dachte er gereizt. Er klemmte sich die Romane unter einen Arm und bückte sich, um den Stapel Bücher aufzuheben, den er auf dem Boden abgestellt hatte.

Krach! Die Bücher verteilten sich überall.

Rachel tauchte vor ihm auf und betrachtete all die Bücher, wobei ihr Blick an den Liebesromanen hängen blieb. „Ach du meine Güte."

„Die sind für meine Schwester!", verteidigte er sich.

Sie bückte sich und begann, die Bücher zusammenzusammeln. „Klar, klar. Kein Problem. Vielleicht mag sie auch das neueste Buch von Lorelai White."

„Okay, das werde ich auch ausprobieren – ich meine, ich werde eins nehmen. Ist schließlich Weihnachten."

Sie schmunzelte.

Er vermied es, ihr in die Augen zu sehen, und hob schnell alle anderen Bücher auf, bevor er ihr zur Kasse folgte.

„Du willst wirklich all diese anderen Bücher auch, oder sind die nur zur Tarnung?", fragte Rachel. Sie sah aus, als versuchte sie, nicht loszulachen.

Rico verzog das Gesicht. „Ich habe dir doch gesagt, dass das meine Weihnachtseinkäufe sind. Ich brauche alles."

Wieder klingelte das Glöckchen, und Barry, der Typ, der den Elfen zu seinem Santa gespielt hatte, kam herein.

„Bei den Bilderbüchern allein kommst du schon auf hundert Dollar", sagte Rachel.

Barry blieb bei den Biografien stehen.

„Ja, ja, schon klar!" Rico legte seine Kreditkarte auf den Tresen.

Rachel kicherte und begann, die Käufe einzutippen. Rico hatte Barry, der in die Abteilung Persönlichkeitsentwicklung gegangen war, nach wie vor seinen Rücken zugewandt. Machte Rachel jetzt absichtlich noch langsamer? Schweißperlen traten auf seine Stirn. Barry war eine Labertasche. Er wollte nicht, dass *das* in Clover Park die Runde machte.

Er hätte das alles einfach online kaufen sollen, doch er hatte sofort mit seiner Recherche beginnen wollen. Er duckte sich, rieb sich den Nacken.

„Hey, Rachel!", rief Barry.

„Hey, Barry", sagte Rachel. „Kann ich dir bei irgendwas helfen?"

Plötzlich war Barry an seiner Seite. „Hey, dich kenne ich doch! Santa, richtig?"

Rico verzog das Gesicht. Sie musste immer noch zwei Bücher eingeben, auf beiden war ein Mann mit nackter Brust zu sehen, der gerade eine Frau küssen wollte, die einem Orgasmus nahe zu sein schien. Er musste ihn ablenken. Er stellte sich anders hin, um Barry den Blick zu versperren. „Japp, das war ich. Schön, dich zu sehen. Was macht das Frozen Yoghurtgeschäft?"

„Dem geht's prächtig! Ich habe gerade ein paar neue Geschmacksrichtungen für die Feiertage bekommen: Zuckerstange, Zimtwirbel und Lebkuchen."

Rico lächelte verkrampft. „Großartig. Das klingt großartig."

Barry stahl sich einen Blick über seine Schulter. „Oh, *Sinnlicher Werwolf*. Das Buch ist gut."

Rico machte große Augen.

Barry zuckte mit den Schultern. „Meine Mom lässt sie überall herumliegen."

Er wohnte bei seiner Mutter? Er war um die dreißig. Und er gab offen zu, dass er diese Art von Büchern las?

Rachel war endlich fertig damit, die Preise einzugeben, und packte die Bücher in eine braune Tüte, während ein leises Lächeln ihre Lippen umspielte.

„Die sind für meine Schwester", beharrte er. Er unterschrieb den Kreditkartenbeleg und schoss aus dem Laden.

Rico leerte die Tüte mit den Büchern auf den Sofatisch und starrte sie an. Würde er wirklich Liebesromane lesen? Seine Schwester lachte sich vermutlich einen Ast, weil sie ihm einen so dummen Rat gegeben hatte. Er tippte nervös mit dem Fuß auf den Teppich. Was war denn schon dabei? War doch nur ein Buch. Er war allein. Den schwierigen Teil, sie zu kaufen, hatte er bereits hinter sich. Er tippte erneut mit dem Fuß.

Abrupt stand er auf und holte sich ein Glas Wasser. Er konnte das. Sicher, er las nicht viel, abgesehen von der Sportseite in der Zeitung, doch Elena hatte gesagt, damit würde ihm alles klar werden. Er *war* verwirrt. Er wollte das wirklich verstehen. Nicht nur, um mit Samantha zu schlafen, obwohl er sie natürlich in seinem Bett haben wollte. Wenn er verliebt war, wollte er mit dieser Person eben auch zusammen sein. Doch er wollte, dass Samantha eine bessere Meinung von ihm hatte. Er wollte besser sein.

Mit einem langen Schluck trank er sein Wasser leer, stellte das Glas in die Spüle und marschierte entschlossen hinüber zum Tisch. Er steckte die Bücher, die als Geschenk gedacht waren, wieder in die Tüte und verteilte die Liebesromane auf dem Tisch, unsicher, mit welchem er anfangen sollte. Da waren eine Menge halbnackter Männer auf den Covern. Er stand auf und legte den Riegel an der Wohnungstür vor.

Er nahm *Lodernde Umarmung* und fing an zu lesen. Okay, keine große Sache. Der Typ war ein millionenschwerer Industrietycoon. Musste ganz nett sein. Die Frau bewarb sich für einen Job als Finanzchefin. Hey, schau mal an, diese Frau war bereits heiß auf den Typen. Er las weiter.

Drei Stunden später wischte er sich eine Träne aus dem Auge, war froh, dass er allein war. Am Ende, als sie endlich zusammenkamen, war es so schön. Er wusste einfach, dass Cole und Mia es schaffen würden. Ein wirkliches Glücklich-bis-an-ihr-Lebensende. Er schniefte und nahm das nächste Buch vom Stapel, *Highlanders Mission*. Der Typ trug einen Kilt. Er hatte keine Ahnung, wie ihm das helfen sollte. Oh, es begann mit einem Kampf. Nett. Er las weiter.

Weitere drei Stunden später schloss er das Buch mit zugeschnürter Kehle. Er atmete tief und zufrieden durch. Roan und Brianna waren perfekt für einander. Er holte eine Tüte Chips und ein Bier und tauchte in *Sinnlicher Werwolf* ein. Er rutschte unbehaglich hin und her, als die Eröffnungsszene mit Sex von hinten begann. Er würde nicht viele von diesen Sexszenen lesen können, ohne sich Erleichterung zu verschaffen. Verdammt, war das heiß hier drin. Er ging duschen, um sich darum zu kümmern, bevor er noch blaue Eier bekam, und machte sich gleich wieder ans Lesen.

Bis zum Ende des Wochenendes fühlte er sich entspannt und befriedigt, weil er so oft duschen gegangen war, und sicher, dass er nun einen Schlüssel für die weibliche Psyche gefunden hatte. Elena war brillant. Endlich verstand er, was Frauen sowohl körperlich als auch emotional wollten. Die Männer übernahmen die Kontrolle im Schlafzimmer. Das machte er bereits, doch er konnte sein Spiel noch verbessern. In den Büchern kümmerte man sich ausgiebig um die unteren Partien der Frau. Naja natürlich mochten Frauen das. Für gewöhnlich wurde er auf diese Weise verwöhnt, doch bei Samantha wollte er wirklich auch geben. Sie sprachen außerdem viel über ihre Gefühle. Darin war er nicht wirklich gut. Er würde sich wohl ein oder zwei Zeilen des Millionärs ausleihen müssen, oder vielleicht von dem Gutsherrn. Er blätterte durch die Bücher und machte sich Notizen.

Samantha hatte das, was er aus den Filmen genommen hatte, nicht gemocht, aber das hier war anders. Das hier war Gold. Wie die Schlüssel zum Königreich – eine klare Vision des weiblichen Geistes. Auf keinen Fall konnte sie jemandem widerstehen, der sie so verstand, wie er jetzt.

Deswegen zog er sich am Sonntagabend um sieben Uhr ein Hemd an, bei dem er vier Knöpfe offenließ, um mehr Brust zu zeigen wie die Männer auf den Buchumschlägen, und fuhr zu Samanthas Haus.

9

———

Samantha half gerade dabei, den Tisch abzuräumen, als es am Sonntagabend an der Tür klingelte.

„Könntest du mal nachsehen, wer das ist, *mija*?", bat ihre Mutter.

Sie stellte die Teller in die Spüle. „Klar."

Sie ging zur Tür und schaute durch den Spion. Rico!

Was machte der denn hier? Sie dachte, sie hätte ihm unmissverständlich klargemacht, dass sie niemanden wie ihn in ihrem Leben wollte.

Mach einfach die Tür auf. Hör dir an, was er will.

Sie öffnete die Tür, und ihr blieb der Mund offen stehen. Er trug keine Jacke. Sein weißes Hemd war nur halb zugeknöpft und gab den Blick frei auf eine goldbraune, muskulöse Brust und ließ seinen Waschbrettbauch erahnen.

„Du musst ja frieren!", rief sie und riss ihren Blick von seiner atemberaubenden Brust. „Komm rein."

Er trat ein.

„Wer ist es?", fragte ihre Mutter und kam aus der Küche, um nachzusehen.

„Es ist Rico", sagte Samantha.

„Hallo, Mrs. Dixon", sagte Rico.

„Ach!" Ihre Mutter kicherte. „Nennen Sie mich doch einfach Terisa. Ich lasse euch Turteltauben mal lieber allein."

„Wir sind keine Turteltauben, Ma!", rief Samantha über ihre Schulter. Sie drehte sich zu Rico um. „Also?"

„Können wir uns unterhalten?", fragte er.

„Ähm, klar." Sie bedeutete ihm, ihr ins förmliche Wohnzimmer zu folgen. Hier kam nie jemand rein, da der Fernseher im anderen Wohnzimmer war, darum würden sie hier ihre Ruhe haben. Alles in diesem Raum war weiß – weißes Sofa, weiße Sessel und ein weißer Teppich, auf dem man noch die perfekt parallelen Staubsaugerspuren sehen konnte. Sie setzte sich aufs Sofa, und er nahm neben ihr Platz.

„Worüber wolltest du mit mir reden?", fragte Samantha.

„Ich bin ein starker Mann, und ich brauche eine starke Frau an meiner Seite", sagte er.

Verwirrt zog sie die Brauen zusammen. War das Teil ihrer Abmachung für die arrangierte Ehe? Hatte ihre Mutter ihm geraten, das zu sagen? Es klang so förmlich.

Als sie schwieg, fuhr er fort. „Ich weiß nicht, was Liebe ist, aber ich durfte einmal einen Blick darauf werfen, und … ich möchte dich einfach kennenlernen, und ich möchte, dass du mich kennenlernst."

Sie öffnete schon den Mund, um ihn zu fragen, ob ihre Mutter ihm das in den Kopf gesetzt hatte, doch er legte seine Fingerspitzen auf ihre Lippen und sah ihr in die Augen. „Ja, ich war mit anderen Frauen zusammen, doch seit dem Tag, an dem wir einander kennengelernt haben, habe ich an niemand anderen mehr gedacht."

Sie blinzelte. „Wirklich?", fragte sie um seine Fingerspitzen herum.

Er ließ seine Hand sinken. „Wirklich. Und ich versuche nicht bloß, dich ins Bett zu kriegen, obwohl das natürlich großartig wäre. Ich möchte die körperliche und die emotionale Seite."

Sie musste schon zugeben, damit berührte er sie. Er gab sich solche Mühe. Das musste sie ihm zugutehalten. „Rico, das ist wirklich nett–"

Sie verstummte, als er ihre Haare packte und seinen Mund auf ihren presste. Sie schmeckte Leidenschaft, wie sie sie nie zuvor empfunden hatte. Es war beglückend und erregend, wie sie es sich immer erträumt hatte. Sie strich mit ihren Händen über seine erhitzte Brust, während sein Kuss ihr den Atem raubte.

In der Nähe klingelte das Telefon, und sie löste sich widerwillig von ihm, als die Wirklichkeit zu ihr durchdrang.

Er streichelte ihre Wange. „Meine Familie lebt über das ganze Land verteilt, aber ich möchte dir meine zweite Familie vorstellen, damit du mich kennenlernst. Am Freitagabend haben sie eine Weihnachtsbaumschmückparty. Kannst du kommen?"

Sie lächelte. Das war genau das, was sie wirklich wollte. Dass sie einander kennenlernten. Und seine Worte heute Abend. Sie kamen so von Herzen. Sie waren so stark. So ehrlich. „Sehr gerne."

~

Rico stand am Freitagabend mit Samantha auf der Veranda von Maggie O'Hares Haus. Von drinnen hörten sie laute Stimmen und ein wirklich grässliches Weihnachtslied, das sich anhörte, als würden die Chipmunks es singen.

Er drehte sich zu Samantha um. Er sollte sie warnen. „Ich habe dir doch erzählt, dass Trav wie ein Bruder für mich ist und seine Großmutter wie eine zweite Mutter für uns beide, aber etwas habe ich noch nicht erwähnt. Maggie kann ein bisschen ... exzentrisch sein, aber was immer sie tut ... sie meint es gut."

„Oh-kay."

Er nickte und klopfte an die Tür.

Ein paar Sekunden später wurde sie aufgerissen. Maggie stand da mit einer Santamütze auf dem Kopf, daran ein Mistelzweig, der von der Bommel direkt vor ihrer Stirn baumelte, und einem roten Samtanzug mit einer schwarzen Schärpe. Überraschenderweise hatte sie einen Chihuahua auf dem Arm, der eine Art winzigen Haarreif trug mit einem Mistelzweig, der von der Mitte aus in die Höhe stand. Eine kleine rote Schleife war an die Spitze des Mistelzweiges gebunden.

„Willkommen, Willkommen!" Maggie küsste Rico auf die Wange und drehte sich zu Samantha um. „So schön, dich endlich kennenzulernen, Samantha. Ich habe von deiner Mutter alles über dich gehört."

Rico starrte sie alarmiert an. Maggie steckte auch da drin?

„Sie kennen meine Mutter?", fragte Samantha. Sie sah genauso überrascht aus, wie er sich fühlte.

Maggie nickte. „Wir haben uns in Jorges Tanzstudio kennengelernt. Sie ist eine Schönheit auf der Tanzfläche." Der Mistelzweig an ihrem Kopf hüpfte, während sie sprach. „Kommt rein. Wir fangen gerade an."

Rico trat ein, während ihm alles klar wurde. Maggie hatte mit Mrs. Dixon gesprochen, und er wusste bereits, dass sie regelmäßig mit seiner Mutter telefonierte. Dann fiel ihm ein, dass, als er Santa gespielt hatte, Maggie auf seinem Schoß gesessen und ihm gesagt hatte: *Du bist der nächste auf meiner Kuppelliste*. Maggie hatte ihn und Samantha zusammengebracht.

Rico beugte sich vor, um in Maggies Ohr zu flüstern: „Danke dir."

Sie grinste und flüsterte zurück: „Harold hat auch mitgemacht."

In seinem Kopf drehte sich alles. Maggie war der Grund, weswegen er drei Stunden in diesem Santakostüm gelitten hatte? Er blickte zu Samantha hinüber. Zugegebenermaßen war es das wert gewesen.

„Eierpunsch?", fragte Maggie laut über die Musik hinweg.

„Nein, danke", sagte Rico. Er musste unweigerlich lächeln. Diese verrückte Frau, die sich zu gern in alles einmischte, hatte ihm Samantha gebracht.

„Für mich nicht", sagte Samantha.

Hier roch es so gut, nach frischer Tanne, Zimt und Lebkuchen. Ein Weihnachtsbaum stand in einer Ecke des Wohnzimmers. Travs Bruder Shane musste irgendetwas Köstliches in der Küche backen. Er war ein talentierter Koch. Ein Feuer knisterte im Kamin. Der Kaminsims war mit Tannengrün und Zapfen mit silbernem Glitter geschmückt. Rote Strümpfe, auf denen „Maggie" und „Jorge" gestickt stand, hingen unter dem Sims.

„Wer ist das?", fragte Rico laut und deutete auf den Hund.

„Oh! Das ist Jorges verfrühtes Weihnachtsgeschenk!", rief Maggie über die Musik. „Sagt Hallo zu Riceandbeans."

„Langer Name", rief Rico zurück.

Die Musik wurde plötzlich leise, und Maggie drehte sich um. Jorge, der Mann, mit dem sie seit einem Jahr verheiratet war, näherte sich. „Die Kinder fanden es zu laut", sagte Jorge.

„Das ist doch ein Klassiker", protestierte Maggie, als die Chipmunks gerade einen hohen Ton trafen und ihnen frohe Weihnachten wünschen.

Jorge lächelte und sah Maggie in die Augen. „Mistelzweig."

Sie küssten einander.

Rico und Samantha tauschten einen Blick aus. Sie waren süß.

„Wie sind Sie denn auf Riceandbeans als Name gekommen?", fragte Samantha.

„Maggie weiß, dass sie der Reis zu meinen Bohnen ist", sagte Jorge. „Deswegen heißt er Riceandbeans." Er drehte sich zu Samantha um, nahm ihre Hand und küsste sie. Samantha errötete ganz niedlich. „Herzlich willkommen, Samantha, ich bin Jorge."

„Danke", sagte Samantha.

„Wir nennen ihn kurz RB", sagte Maggie. Der wackelnde Mistelzweig war ein wenig ablenkend. „Bist du nicht ein glücklicher Hund, RB?"

RB blickte mit seelenvollen Augen zu Maggie auf, als wollte er sagen: *Warum trage ich eigentlich dieses dämliche Stirnband? Ich sehe wie ein Vollidiot aus.*

Maggie kraulte RB hinterm Ohr. „Er ist ein Senior. Wir haben ihn am Senioren-für-Seniorentag aus dem Tierheim geholt."

„Hey, ihr habt es geschafft", sagte Trav und kam zu ihnen, um sie zu begrüßen.

„Trav, ich möchte dir Samantha vorstellen." Rico hatte plötzlich das Gefühl, dass dies ein besonderer Augenblick war, in dem er seinem besten Freund seine Liebe vorstellte. „Samantha, Travis O'Hare."

„Wirklich schön, dich kennenzulernen, Samantha", sagte Trav. „Lass mich wissen, wenn dieser Typ dir Schwierigkeiten macht. Dann werde ich ihn in seine Schranken weisen."

Rico widerstand dem üblichen Drang, Trav einen Knuff zu versetzen, was er sonst bei dieser Bemerkung getan hätte. Er wollte wirklich einen guten Eindruck auf Samantha machen, jetzt, da er eine dritte, nein, eine vierte Chance bekommen hatte. Himmel, möglicherweise war das seine letzte Chance. Er wollte dieser reife Typ sein.

Trav starrte Rico seltsam an.

„Ich bin mir sicher, das wird nicht nötig sein", sagte Samantha.

Travs Frau, Daisy, Ryans Frau, Liz, und Shanes baldige Frau, Rachel (vom Buchladen), kamen herüber, um Samantha willkommen zu heißen. Während die Frauen sich unterhielten, begrüßte Rico Travs Brüder, Ryan und Shane. Travs Sohn, Bryce, watschelte vorbei und quietschte mit einem blauen Hundespielknochen herum.

Ryan und Shane gingen in den Keller und kamen mit Stapeln von Kisten zurück, auf denen „Weihnachtskram" stand. Sie stellten sie auf den Sofatisch.

Maggie rieb sich die Hände. „Als erstes die Lichter, das ist Ryans Aufgabe. Trav, du hast die Girlande. Shane, du bist der Stern." Keiner der Brüder beschwerte sich. Es war Tradition, dass sie diese Aufgabe jedes Jahr übernahmen. „Alle anderen können jeden Schmuck, den sie finden, hinhängen, wo sie wollen. Hängt nur die zerbrechlichen Sachen weit genug aus Bryce' Reichweite."

Ryan ging zum Baum, um die Lichter zu befestigen, während die anderen herumsaßen, sich unterhielten und sich von einer Platte mit Crackern, Käse und Weintrauben bedienten.

Bryce lief zu Samantha und klammerte sich an ihr Bein.

Sie ging in die Hocke, um auf seiner Höhe zu sein. „Hallo, Bryce. Was hast du denn da?"

Bryce öffnete seine leuchtend blauen Augen ganz weit

und starrte sie an. Vermutlich war er erstaunt über ihre Schönheit, so wie Rico. Er reichte ihr den Hundeknochen.

„Danke!", sagte Samantha und hielt den Knochen, der immer noch vor Hundesabber glänzte.

Etwas in Ricos Brust schmerzte schon wieder. Er rieb sich die Brust. Er musste diese Liebessache in den Griff bekommen, bevor sein Herz noch ganz aussetzte.

Shane stellte die Platte mit zweifellos frischgebackenen Keksen ab. Rico bediente sich mit einem sexy Lebkuchenmädchen, das ein Kleid trug, das seine Kurven betonte. Nur Maggie würde solche Plätzchen verzieren.

Kurz darauf entspannte Rico sich, weil Samantha sich mit allen unterhielt und eine schöne Zeit zu haben schien. Er blieb an ihrer Seite, füllte ihr Wasserglas nach, wann immer es zur Neige ging. Er war froh, dass sie sich mit allen verstand.

„Zeit zu dekorieren!", rief Maggie. „Auf geht's!"

Alle drängten sich um die Kartons mit dem Weihnachtsschmuck. Trav reichte Bryce einen hölzernen Teddybären, den er an den Baum hängen sollte und auf dem stand: „Babys erstes Weihnachtsfest." Der musste vom letzten Jahr stammen. Ricos Brust zog sich zusammen. Himmel, seitdem er diese Liebesromane gelesen hatte, war er so verdammt emotional. Diese Dinger waren gefährlich.

Alle unterhielten sich und lachten und neckten einander, doch Rico machte nicht mit. Er verhielt sich still und sah nur zu, wie Samantha den Baum schmückte, beobachtete ihr Lächeln. Seine Brust tat nur noch mehr weh.

Maggie kam vorbei und setzte ihm die Santamütze mit dem Mistelzweig auf den Kopf. „Sieht so aus, als könntest du die besser gebrauchen als ich", sagte sie augenzwinkernd.

„Ist schon in Ordnung", sagte er. „Behalte du sie."

Im Raum wurde es still. Alle starrten ihn an. Er hob abwehrend die Hände. „Ich werde euch hier keine Show liefern."

Trav sah ihn besorgt an. „Hey, fühlst du dich gut?"

„Ja, mir geht es gut." Doch es ging ihm nicht gut. Er hatte das Gefühl, außerhalb seines Körpers zu sein, herumzuschweben, verträumt und im Inneren verloren zu sein. Er schüttelte den Kopf. „Mir geht es gut."

Sie machten sich wieder ans Schmücken. Rico stand an Samanthas Seite. Der kleine Hund machte es sich unter dem Baum bequem und beäugte Rico, während sein Mistelzweig von seinem Kopf abstand wie eine Antenne, die auf ihn gerichtet war.

Er goss Wasser für sich und Samantha ein, denn er musste sich abkühlen. Er konnte Samantha wohl kaum so, wie er wollte, vor versammelter Mannschaft küssen. Er kam zurück an ihre Seite.

„Macht es dir Spaß?", fragte er.

Sie strahlte ihn an, und sein Herz schlug einen weiteren Purzelbaum. „Ja! Vielen, vielen Dank, dass du mich eingeladen hast."

Er konnte nicht länger widerstehen, zog sie an sich und gab ihr einen kurzen Kuss.

„Siehst du, er brauchte keinen Mistelzweig", sagte Trav.

Samantha wurde rot, und er spürte, wie seine eigenen Wangen brannten. Seit wann zog Trav ihn auf? Er warf seinem Freund einen tödlichen Blick zu.

Trav lachte.

Rico wechselte auf Samanthas andere Seite, weg von Trav. Rachel hängte dort gerade Zuckerstangen auf.

„Eine neue Susanna Potter ist gerade hereingekommen, die dir vielleicht gefällt", flüsterte Rachel. „Soll ich dir das Buch zurücklegen?"

Er nickte kurz. Seine Wangen brannten wieder. Susanna Potter hatte den Roman *Noch einmal, meine Süße*, geschrieben, bei dem er am Ende gegen Tränen hatte ankämpfen müssen. Als Alex aus dem Koma erwacht war und seine ersten Worte waren: „Noch einmal, meine süße Tatjana", hatte er das Buch beiseitelegen müssen, um sich wieder in den Griff zu bekommen. Diese Liebesromane hatten etwas in ihm eröffnet, eine sprudelnde Quelle von Emotionen, die er jetzt nicht mehr abstellen konnte. Er drehte sich zu Samantha um, denn er wollte sie plötzlich ganz für sich allein.

„Hast du Lust, morgen mit mir Weihnachtseinkäufe zu

erledigen?", fragte er.

Sie lächelte. „Gern."

„Wir nehmen uns den ganzen Tag dafür Zeit."

„Klingt nach Spaß."

Er küsste sie auf die Wange, und etwas in ihm entspannte sich. Er würde sie dann allein haben. Einkaufen, die beste heiße Schokolade der Stadt in Shanes und Rachels Café und zurück zu seiner Wohnung. Er hätte sie ganz für sich allein, in seinen Armen und in seinem Bett, denn er wusste, dass sie genau dahin gehörte.

Nachdem der Baum dekoriert war, gingen Shane und Maggie in die Küche, um für alle Essen warm zu machen. Kurz darauf versammelten sie sich um den Esszimmertisch, der wie ein Buffet hergerichtet war, und füllten ihre Teller mit mundgerechten Häppchen – winzige kleine Krabbenpuffer, Shrimps in Speck, Spinattaschen, Würstchen im Schlafrock und Bruschetta. Er warf einen Blick auf die Desserts, die auf Platten auf der Anrichte standen. Pfefferminzkaramellkuchen, Apfeltörtchen – das erklärte den Zimtgeruch, den er den ganzen Abend wahrgenommen hatte –, Minischokoladencupcakes und Käsekuchen mit Zuckerstangensplittern obendrauf.

Rachel rannte plötzlich aus dem Raum, die Hand vor den Mund gepresst.

Shane sprang auf und folgte ihr. „Rachel, geht es dir gut?", rief er.

Maggie strahlte. „Fröhliche Weihnachten für mich!" Sie drehte sich zu Rico um. „Danke, Santa!"

Rico dämmerte es, als er sich an Maggies Wunsch nach mehr Urenkelchen erinnerte.

„Shane weiß es noch nicht, oder?", fragte Maggie. „Ich werde meinen Mund halten."

„Was weiß er nicht?", fragte Trav.

„Entweder hat sie die Grippe, oder sie ist schwanger", sagte Daisy. „Vorhin ging es ihr ganz gut. Ich würde sagen, sie ist schwanger."

Liz und Ryan lächelten einander an.

Trav blieb der Mund offen stehen. „So schnell schon?"

„Einmal reicht dafür schon aus", erwiderte Daisy mit einem vielsagenden Blick.

„Schhh."

Shane kam wieder herein. Er sah sehr besorgt aus und ließ sich in einen Sessel fallen.

„Ist alles in Ordnung?", fragte Maggie.

„Rachel ist krank." Shane zog die Brauen zusammen. „Vielleicht sollte ich sie nach Hause bringen."

Alle sahen einander an und lächelten.

„Was?", fragte Shane.

„Kommt, lasst uns essen", lud Maggie ein.

Alle machten sich über das köstliche Essen her. Rachel kam zurück und setzte sich.

„Soll ich dich nach Hause bringen?", fragte Shane besorgt.

„Nein, mir geht's gut", sagte Rachel.

Shane stellte einen Teller Essen vor sie. „Bist du dir sicher?"

„Ja, irgendetwas ist mir nicht ..." Sie warf einen Blick auf das Essen, schlug sich die Hand vor den Mund und stürmte erneut hinaus.

Shane sprang auf und folgte ihr. Einen Moment später hörten sie Rachel zetern: „Geh weg!"

Shane kam mit ernstem Gesicht zum Tisch zurück. „Ich werde sie nach Hause bringen."

„Mach das, mein Schatz", sagte Maggie. „Kümmere dich gut um unser Mädchen."

Samantha sah Rico an und lächelte. Er erwiderte das Lächeln und gewöhnte sich langsam daran, dass sein Herz sich zusammenzog, wenn er ihr schönes Lächeln sah. Es war schon irgendwie lustig, wie ahnungslos Shane war. Seine Schwestern waren im ersten Trimester genauso gewesen – ihnen war ständig übel gewesen, sie waren erschöpft, hatten ihre Ehemänner angeknurrt. Er fragte sich, ob Samantha auch so sein würde, und hatte eine Vision von ihr als Schwangere, rund und strahlend mit seinem Kind. Er hörte auf zu lächeln. Bis dahin war noch ein sehr langer Weg.

Der Chihuahua setzte sich in eine Ecke des Raumes und starrte Rico wieder an. Dieser verdammte Mistelzweig auf

RBs Kopf forderte ihn heraus, Samantha noch einmal zu küssen.

Das werde ich schon tun!, sagte er zu dem kleinen alten Hund im Stillen. *Nur jetzt nicht. Wenn ich sie nach Hause begleite.*

Rachel kam wieder zurück. „Entschuldigt. Ich bin, ähm, nicht hungrig. Ich werde einfach beim Baum bleiben."

Shane stand auf. „Wir fahren nach Hause."

„Ich muss mich nur ein bisschen ausruhen", beharrte Rachel. „Mir geht's gut."

Er ging zu ihr und flüsterte ihr etwas ins Ohr. Sie blickte zur Zimmerdecke, war offensichtlich genervt.

„Mach nicht so eine große Sache daraus", sagte Rachel.

Sie ging ins Wohnzimmer, Shane dicht auf ihren Fersen. Ein paar Minuten später hörten sie ein Quietschen und wie die Haustür geöffnet wurde.

„Bye, alle zusammen!", rief Shane.

„Bye!", riefen sie im Chor zurück.

„Shane steht eine Überraschung bevor", sagte Maggie. „Ich sollte besser anfangen, die nächste Babydecke zu häkeln."

Sie aßen zu Ende und reichten die Desserts herum. Rico achtete aufmerksam auf Samantha, vergewisserte sich, dass sie genug von allem hatte, füllte ihr Wasserglas immer wieder nach und holte ihr eine Serviette.

Der Chihuahua starrte ihn weiter an. *Warum brauchst du so lange? Mach dich an sie ran. Du weißt, du willst sie.*

Rico antwortete im Stillen, doch er war langsam wirklich genervt von RB. *Ich gehe es langsam an. Sie ist was Besonderes. Ich werde das hier nicht vermasseln.*

RB starrte weiter. *Du bist ein Tier wie ich.*

Du bist ein Hund, das bin ich nicht.

Rico rieb sich die Stirn. Jetzt verlor er den Verstand.

„Also, was hältst du von unserem Rico?", fragte Maggie Samantha. „Behandelt er dich gut? Erwidert er den Gefallen? Wir haben mal beim Scrabble einen Abend darüber gesprochen." Sie drehte sich zu Rico um. „Erinnerst du dich an das L-Wort?"

Rico verzog das Gesicht. Sie meinte nicht „Liebe", sie meinte „Lecken," im letzten Februar, als sie alle ohne Strom in einem Schneesturm festgesessen hatten, hatte Maggie vorgeschlagen, Rico solle daran denken, dieser verrückten Frau, der Moderatorin einer TV-Show, bei der Daisy und Trav aufgetreten waren, den Gefallen zu erwidern. Er hatte nicht mit dieser Frau geschlafen, weil sie ihm klar gesagt hatte, dass sie auf Schläge stand, und er war fest entschlossen, niemals eine Frau zu verletzen, selbst, wenn sie ihn darum bat.

„Rico war ... interessant", sagte Samantha.

„Ach, ja?", fragte Trav. „Inwiefern interessant? Spielt er zu Hause Santa für dich?"

„Das war ein einziges Mal", murmelte Rico.

Er sah Samantha an, die rot wurde. Vermutlich erinnerte sie sich daran, wie sie auf seinem Schoß gesessen und ihm ihre Träume gestanden hatte. Von Anfang an war sie anders gewesen als jede Frau, mit der er je zusammen gewesen war.

„Du musst darauf nicht antworten", sagte Rico.

„Er hat mir Rosen, orangefarbene Tic Tacs und einen Liebesfarn gebracht", sagte Samantha.

Ricos Wangen brannten.

Trav hakte nach. „Einen Liebesfarn!" Er lächelte Rico breit an. „Was du nicht sagst. Bist du *verliebt*, Rico?"

Er konnte nicht antworten. Er war nicht darauf vorbereitet, es Samantha vor der ganzen Gruppe zu gestehen. Der Chihuahua in der Ecke starrte ihn vorwurfsvoll an.

Sei ein Mann. Sag ihr, dass du sie liebst.

Du bist ein Hund. Was weißt du schon? Du bespringst doch alles.

Du auch.

Ich bin schon wählerisch.

„Das reicht", sagte Daisy und unterbrach das Wettstarren zwischen Rico und dem Hund. „Du bringst den armen Mann in Verlegenheit. Und Samantha ist unser Gast. Also, Samantha, was machst du beruflich?"

Die Unterhaltung wandte sich Samanthas Arbeit als Grafikdesignerin zu, und Rico freute sich, mehr über diese erstaunliche Frau zu erfahren. Sie entwarf Buchcover für Kinderbücher und nebenher auch noch Firmenlogos. Sie zog eine Visitenkarte aus der Handtasche, und sie reichten sie herum. Darauf war ein Großbuchstabe als cooles Logo mit einem fantastischen Bild von Heißluftballons an einem blauen Himmel und einem Kätzchen, das an einem Seil von einem der Ballons herunterhing. Sie war schön und talentiert. Er hörte aufmerksam zu, während Daisy mehr aus Samantha herauslockte, über ihren Beruf, ihre Reisen – ihre liebste Reise war nach Spanien gegangen – und ihre Hobbys, sie liebte es, zu malen und zu fotografieren. All das speicherte er, jede neue Information war ein Schatz.

Schließlich endete der Abend, als Daisy und Trav nach Hause gingen, um Bryce ins Bett zu bringen. Liz und Ryan begleiteten sie.

„Bereit?", fragte er Samantha.

Sie nickte. Sie verabschiedeten sich und gingen hinaus in die eiskalte Luft.

„Ich hoffe, du hattest einen schönen Abend", sagte Rico und verflocht seine Finger mit ihren, während sie zu seinem Truck gingen.

„Sie sind wundervoll", sagte Samantha. „Was für ein niedlicher Hund."

„Er ist ein Arschloch."

Ruckartig hob sie den Kopf. „Wie bitte?"

„Nichts."

Er öffnete ihr die Tür des Trucks und wartete darauf, dass sie einstieg, dann schloss er sie vorsichtig hinter ihr.

„Glaubst du, dass Rachel schwanger ist?", fragte sie, als er sich auf die Fahrerseite setzte.

„Ja. Sie ist genau wie meine Schwestern, als die schwanger waren."

„Warum hat sie es Shane nicht erzählt?"

Er zuckte die Schultern und startete den Motor. „Ich schätze, das wird sie jetzt."

„Ich würde es niemals geheim halten. Ich würde es in die Welt hinaus schreien wollen."

Dieses Bild von Samantha, rund mit seinem Kind, tauchte wieder in seinem Kopf auf, und Wärme breitete sich in ihm aus trotz der Kälte draußen. „Möchtest du eine Mom sein?"

„Naja, schon. Nicht, dass ich dich jetzt bitte, mich zu heiraten und mit mir Kinder zu haben. Ich meine, wir sind gerade erst ausgegangen–"

„Weißt du, das könntest du schon. Mich fragen, meine ich."

Er sah zu ihr hinüber. Sie warf ihm einen Blick zu, der irgendwo zwischen verwirrt und überrascht lag.

Er legte den Gang ein und fuhr auf die Straße hinaus, trat sich dabei jedoch selbst in den Allerwertesten, weil er so vorgeprescht war. All diese verdammten Liebesromane hatten dafür gesorgt, dass er dem Happy End entgegen preschen wollte. Es würde kein Happy End geben, wenn sie ihn für verrückt hielt.

„Vergiss es", sagte er. „Ich weiß nicht, warum ich das gesagt habe. Zu viel Eierpunsch."

„Du hast Wasser getrunken."

„Dann zu viel Zucker."

Samantha wurde still, und er schaltete das Radio ein. Harry Connick Jr. gab „When My Heart Finds Christmas" zum Besten, und Rico wusste endlich, was das bedeutete. Als sie am Haus ihrer Eltern ankamen, stellte er den Wagen ab und begleitete sie zur Haustür. „Dann sehe ich dich also morgen zum Weihnachtseinkaufen. Um zehn, okay?"

Sie biss sich auf die Lippe und nickte. Er berührte sie nicht. Er musste alles ein wenig herunterfahren, nachdem er diese Bemerkung über das Heiraten gemacht hatte. Doch dann beugte sie sich vor und küsste ihn sanft auf die Lippen. Es war das erste Mal, dass eine Frau ihn zuerst geküsst hatte.

Sie löste sich von ihm, und er lächelte albern, froh, dass er sie nicht vergrault hatte.

„Dann sehe ich dich morgen", sagte die zukünftige Mutter seiner Kinder.

Er grinste. „Morgen."

10

Samantha machte sich für ihr Date zum Einkaufen am nächsten Morgen fertig und summte dabei fröhlich „Deck the Halls", als sie sich daran erinnerte, wie aufmerksam Rico gewesen war, so gar nicht schmierig. Sicher, er war ein wenig still gewesen, aber wer wäre das nicht, bei dieser geballten Dosis O'Hares?

Sie zog einen roten Pullover mit V-Ausschnitt an, dazu ihre Lieblingsjeans, die so perfekt abgenutzt war. Dazu nahm sie eine winzige Weihnachtslichterkette, die sie letztes Jahr nur so zum Spaß gekauft hatte, und legte sie sich um. Winzige Lichter leuchteten in allen Farben. Sie konnte es nicht abwarten, Rico wiederzusehen. Seine Playboy-Verführungsroutine und die Tricks waren verschwunden. Es klingelte an der Tür. Pünktlich war er auch.

„Ich mach auf!", rief sie.

Sie nahm ihren Mantel und die Handtasche und öffnete die Tür. Da stand er, gutaussehend wie immer. Ein paar Schneeflocken fielen vom Himmel, eine zarte Puderdecke, mit der alles frisch und neu aussah. Sie strich ihm ein wenig Schnee aus den Haaren. „Hi."

„Hi." Er lächelte, und ihr Puls beschleunigte sich. „Bereit?"

„Bereit." Sie ging nach draußen. „Wohin fahren wir?"

„Ich dachte, wir versuchen es in der Mall. Dann können wir am Something's Brewing Halt machen und die beste heiße Schokolade mit selbstgemachten Marshmallows trinken, die du jemals probiert hast. Das ist Shanes und Rachels Café."

„Klingt wunderbar!"

Sie betraten die Mall und ließen sich von der Menge treiben. Alles war so festlich, vom Nordpol in der Mitte, wo Santa auf Weihnachtswünsche lauschte, bis hin zu einem riesigen Baum über zwei Etagen, Tannengirlanden, die von der Decke hingen und riesigen roten Christbaumkugeln. Jeder Laden war mit leuchtend roten Schleifen und Tannengrün geschmückt. Weihnachtsmusik spielte im Hintergrund. Normalerweise mochte Samantha solche Menschenmengen nicht, aber mit Rico an ihrer Seite stellte sie fest, dass es ihr gar nichts ausmachte. Sie hatte bereits vor diesem Ausflug ein Geschenk für ihre Schwester und ihren Vater gekauft, doch sie musste noch etwas für ihre Mutter finden. Rico ging mit ihr zu einer niedlichen Boutique, wo er oft Geschenke für seine Mutter und seine Schwestern kaufte. Er kaufte seiner Mutter einen Schal, und sie tat das Gleiche. Er hatte einen guten Geschmack.

Er blieb vor einem Schaufenster stehen, in dem handgefertigter Schmuck zu sehen war. „Was gefällt dir?", fragte er.

Sie legte ihre Hand an ihren Hals. „Du musst mir nichts zu Weihnachten kaufen. Wir haben uns erst vor drei Wochen kennengelernt."

„Ich möchte aber." Er deutete auf die Auslage.

„Aber ich habe dir nichts gekauft", protestierte sie.

Er sah ihr in die Augen. „Mit dir zusammen zu sein ist mein Geschenk."

„Oh!" Sie schluckte mühsam, denn ihre Kehle war vor Emotion zugeschnürt. „Das ist nur so …"

Sie fand nicht die richtigen Worte. Sie hatte das Gefühl, sie erlebte ihre eigene Romanze, genauso, wie sie es sich immer erträumt hatte.

„Ich weiß." Sein Mundwinkel hob sich. „Und jetzt such

dir was aus, sonst kaufe ich dir diese *wunderschöne* Heuschrecken-Anstecknadel."

Sie betrachtete die Auslage. Die Nadel sah aus wie eine echte Heuschrecke, der Körper mit Schmucksteinen bedeckt. *Igitt.* „Okay, okay." Sie lachte. „Mir gefallen diese Ohrringe." Sie deutete auf ein paar Ohrringe, die aussahen wie rote Wassertropfen in einem Silberwirbel.

„Dann sollst du sie haben."

Er kaufte die Ohrringe und gab sie ihr. Sie probierte sie gleich aus und bewunderte sie in dem kleinen Spiegel im Laden. „Was meinst du?"

„Wunderschön", sagte er, nur, dass er nicht die Ohrringe ansah. Er betrachtete sie im Spiegel. Sie drehte sich um, und er gab ihr einen kurzen Kuss. „Komm."

Er nahm ihre Hand in seine warme, schwielige, und sie gingen weiter einkaufen. Ihr fiel auf, dass er sehr sorgfältig die perfekten Geschenke für seine Schwestern auswählte. Die Liebe für seine Familie war spürbar, und Samantha wurde sich bewusst, dass sie ihn falsch eingeschätzt hatte. Er war in jeder Beziehung so fabelhaft, wie ihre Mutter ihr gesagt hatte. Sie erfuhr einiges über seine Familie und dass er dieses Jahr Weihnachten in Connecticut bei seiner zweiten Familie verbringen würde, den O'Hares. Auf egoistische Weise freute sie das. Sie wollte ihn öfter sehen. Sie wollte Zeit, um auch für ihn ein Geschenk auszusuchen.

Mit den Tüten in der Hand verließen sie die Mall, und Rico fuhr für eine heiße Schokolade im Something's Brewing Café nach Clover Park. Sie betraten das warme, gemütliche Café, das in Dunkelrot und Schokoladentönen gehalten war. Große, gerahmte Buchcover zierten die Wände. Es gab auch eine gemütliche Leseecke, viele Tische und eine niedliche Kinderecke hinten.

„Hey, Rico, Samantha!", rief Shane. Er arbeitete mit ein paar anderen Angestellten hinter der Theke.

„Hi!", rief Samantha.

„Hey", sagte Rico. „Setz dich", sagte er ihr. „Ich werde die Getränke holen."

Sie suchte sich einen Tisch für zwei ganz hinten. Das Café

war gut besucht.

Kurz darauf stellte Rico einen großen weißen Becher gefüllt mit heißer Schokolade vor sie. Ein großes, quadratisches Marshmallow schwamm auf dem Kakao, obendrauf Schlagsahne und ein Hauch Zimt.

„Das ist ja fast zu hübsch, um es zu trinken", sagte sie.

„Trink nur. Ist wirklich gut."

Sie nippte daran. O Gott! Die Schlagsahne war leicht und süß, die Schokolade so vollmundig und sahnig. Sie hatte noch nie etwas so Gutes probiert.

„Das ist fantastisch!", bemerkte sie.

Er grinste. „Habe ich dir doch gesagt. Shane hat mir gerade erzählt, dass er Vater wird. Ich wusste es."

„Wie schön. Das ist großartig. Ich freue mich für sie." Sie holte das Marshmallow heraus und biss einmal hinein. Himmlisch! Sie hatte noch nie selbstgemachte Marshmallows gegessen. Es war auf köstliche Art und Weise klebrig und schmeckte nach Pfefferminz und nach der Schokolade, auf der es geschwommen war. Sie deutete auf ihren Mund und, nachdem sie zu Ende gekaut hatte, murmelte sie: „O mein Gott. So gut. Wann werden sie heiraten?"

Er lächelte. „Die Hochzeit ist in zwei Wochen, an Silvester."

„Meine Mutter würde mich umbringen, wenn ich vor der Hochzeit schwanger werden würde", vertraute sie ihm an.

„Gut zu wissen."

Sie wurde rot, trank einen weiteren Schluck von der heißen Schokolade und fühlte sich behaglich und warm, als wären sie trotz der Leute um sie herum in ihrem eigenen kleinen Kokon. Sie sprachen unbeschwert über ihre Lieblingsmusik und die besten Filme, während sie zu Ende tranken. Rico half ihr in den Mantel. Sie war so froh, dass Rico ihr endlich sein wahres Ich zeigte.

„Kommst du noch mit zu mir?", fragte er.

Sie nickte. Ihr Herz raste. Sie wollte das, wollte ihn.

Er warf ihr ein Lächeln zu, küsste sie und ging voraus.

Nach einer kurzen Fahrt kamen sie an seinem Apartment an. Rico blieb vor der Haustür stehen. „Warte hier."

Er ging hinein. Samantha wartete. Das war eigenartig. Was hatte er vor?

Eine Minute später kehrte er zurück, nahm sie auf seinen Arm und trug sie über die Schwelle.

„Huch!" Sie schnappte nach Luft, überrascht davon, plötzlich hochgehoben zu werden. Im Raum war es dunkel, abgesehen von blinkenden warmweißen Weihnachtslichtern, die an der Decke hingen, am Bogen, der die Küche von dem kleinen Esszimmer trennte, und um einen großen Ficus herum. Harry Connick Jr. war im Hintergrund zu hören. „Das ist wunderschön."

Er sah ihr in die Augen. „Du bist wunderschön."

Und erstaunlicherweise glaubte sie ihm. Das war kein leerer Spruch. Er meinte es wirklich. Er trug sie zum Sofa und setzte sie ab. Dann setzte er sich neben sie, streichelte ihre Haare, schob es ihr hinter das Ohr. Er berührte ihre Wange und beugte sich langsam vor. Samantha schloss die Augen, und seine Lippen trafen auf ihre und küssten sie zärtlich. Es war ein langer, langsamer, tiefer Kuss, und die Wärme breitete sich bis in ihre Zehen aus. Seine Hand blieb an ihrer Wange, die andere lag auf ihrem Schenkel, bewegte sich jedoch nicht. Sie wartete auf mehr. Sie *wollte* mehr. Bis sie es endlich nicht mehr aushielt und ihn mit sich aufs Sofa hinunterzog.

Er setzte sich auf, nahm ihr die Kette ab, die sie gepikst hatte, und machte sich wieder daran, ihren Hals zu küssen, federleichte Küsse über ihrem Schlüsselbein zu verteilen, sie zu kosten. Dann kehrte er zu ihrem Mund zurück, seine Zunge tauchte ein, und etwas in ihr klickte. Sie schob ihre Zunge in seinen Mund und ihre Hände glitten über ihn. Plötzlich war sie verrückt nach ihm. Sie zerrte an seinem Hemd, wollte es loswerden; wollte, dass nichts zwischen ihnen war, sehnte sich verzweifelt danach, ihn Haut an Haut zu spüren.

Sein Mund wanderte ihren Kiefer entlang und schien es trotz ihrer verzweifelten Hände nicht eilig zu haben. Er küsste hinauf zu ihrem Ohr, wo er murmelte: „Samantha", während seine geschickten Hände den Vorderverschluss ihres

BHs öffneten. Er löste sich von ihr und zog ihr den Pullover und den BH aus. Dann küsste er sie erneut, und seine Hände umfassten ihre Brüste, während seine rauen Finger über ihre Nippel strichen. Sie stöhnte, ihre Hände krallten sich in sein Hemd. Dann senkte er seinen Mund, um an ihrer Brust zu saugen, und das Pochen zwischen ihren Beinen wurde intensiver.

„Rico", seufzte sie.

Er richtete sich auf und betrachtete sie. „So schön." Er küsste eine Brust, dann wandte er sich beinahe ehrfurchtsvoll der anderen zu.

Sie zerrte wieder an seinem Hemd. „Zieh das aus."

Er stand auf, doch anstatt sein Hemd auszuziehen, zog er sie mit sich und führte sie ins Schlafzimmer. Sie warf einen kurzen Blick auf ein großes Doppelbett mit einer schwarzen Tagesdecke, bevor er sie wieder küsste und sie aufs Bett zog. Wieder zerrte sie an seinem Hemd.

„Jetzt geht es nur um dich, Baby", sagte er leise, bevor er an ihrem Körper hinab küsste. Sie erbebte, als er den Knopf ihrer Jeans öffnete und den Reißverschluss aufzog. Sie hob ihre Hüften, und er zog sie hinunter. Sie wurde gleich mit einem heißen Kuss an ihrer Scham belohnt, und seine Zunge drückte dort durch ihr feuchtes Höschen hindurch.

Sie griff nach ihm. „Ich will–"

„Ich weiß, was du willst", sagte er mit extrem selbstbewusster Stimme, während er ihr das Höschen auszog. Er spreizte ihre Beine und ließ sich dazwischen nieder. Er kam näher und schob ihre Beine mit den Schultern noch weiter auseinander. Sie blickte an sich hinab, war weit geöffnet, während sein heißer Blick auf ihrer intimsten Zone ruhte. O Gott. Würde sie es wirklich zulassen, dass er–

Seine Finger schoben sich zwischen ihre Schamlippen, und er liebkoste sie mit seiner Zunge. Ihr Verstand war leer. Sein Mund war magisch, und sie ergab sich ihm, während er seine Lippen und die Zunge gebrauchte, sie wieder und wieder bis an den Rand brachte, nur, um dann zu sanften, federleichten Küssen überzugehen, bei denen sie fast durchdrehte und sich unter ihm wand. Sie hob ihre Hüfte, flehte im

Stillen um die Erleichterung, und dann waren seine Finger in ihr, spreizten sie, während sein Mund gierig saugte. Sie schrie, während eine Lustwoge nach der anderen kontrahierte.

Schließlich beruhigte sie sich. Sie spürte, wie er sich zurückzog, ihre Beine losließ, und lag befriedigt und knochenlos da. Dann küsste er sie zärtlich, streichelte wieder ihr Haar. Sie öffnete die Augen. Er hatte sich auf einen Ellbogen gestützt, sah auf sie hinab, war jedoch immer noch vollkommen angezogen.

Sie lächelte. „Das war umwerfend."

Er grinste. „Das habe ich gemerkt."

„Zieh dich aus", sagte sie. „Wir sind noch nicht fertig."

Er umfasste ihre Wange. „Das hier war nur für dich."

„Aber–"

Seine Finger berührten ihre Lippen, unterbrachen sie. *„Mi querida"*, murmelte er.

Der Kosename stieg ihr gleich zu Kopf. *Meine Liebe.* In dem Moment hätte sie alles für ihn getan. Sie griff nach ihm und zog, wollte sein Gewicht auf sich, wollte ihn in sich spüren.

Doch er rührte sich nicht. Stattdessen nahm er ihre Hände und hielt sie. „Ich möchte nur geben."

Sie setzte sich auf. „Ich aber auch."

Er richtete sich auf und küsste sie kurz. „Das hier ist ganz neu für mich. Lass es mich einfach machen. Okay?"

Verwirrt zog sie die Brauen zusammen. Wollte er sie nicht?

Sie zog ihren BH und den Pullover wieder an, immer noch am ganzen Körper prickelnd. Er stand auf und hob ihr Höschen auf, das zu Boden gefallen war. Sie warf einen Blick vorne auf seine Jeans, die über seiner Erektion spannte. Er wollte sie doch. Warum hielt er sich dann zurück?

Sie zog das Höschen und die Jeans wieder an und legte sich zurück, um den Knopf zu schließen. Etwas drückte gegen ihren Kopf. Da, eingeklemmt zwischen Kissen und Kopfteil war ein Buch, *Highlanders Mission.* Sie hielt es verwirrt hoch. Hatte eine andere Frau ihr Buch hier vergessen? Sie hatte das auch. Da gab es eine wirklich heiße Szene, in der der Gutsherr die Protagonistin nach ihrem Bad verwöhnte und sie dann, sich nach ihm sehnend, verließ.

O mein Gott. Ihr wurde heiß und kalt. Rico spielte ihr immer noch etwas vor. Nur jetzt war es aus Büchern, nicht mehr aus Filmen.

Sie wollte so unbedingt, dass sie sich irrte. Sie sprach mit unsicherer Stimme: „Wem gehört das Buch?"

Seine Wangen wurden rot. „Das gehört meiner Schwester!"

„Ich dachte, deine Schwestern wohnen in anderen Staaten."

„Das ist ein Weihnachtsgeschenk für sie."

Dann fielen ihr seine Worte wieder ein. Von denen sie gedacht hatte, dass sie so förmlich klangen, *ich bin ein starker Mann, und ich brauche eine starke Frau an meiner Seite.* Das war der Gutsherr gewesen! Sie spürte, wie ihr das Blut aus den Wangen wich. Ihr wurde plötzlich kalt. Sie konnte ihn kaum ansehen. Er hatte mit ihr gespielt. Aber so richtig.

„Du hast das gelesen, stimmt's?", fragte sie vorwurfsvoll.

Er sah verdammt schuldbewusst aus. „Ich habe einen Blick reingeworfen."

Sie starrte ihn an, versuchte, ihn dazu zu bringen, einmal ehrlich zu sein. „Rico?"

Er verschränkte die Arme. „Na schön, ich habe es gelesen, okay?"

„Warum?"

Sein Mund bildete eine schmale Linie.

„Warum?", schrie sie.

„Elena hat es mir empfohlen, damit ich lerne, dir das Gefühl zu geben, dich als etwas Besonderes zu fühlen", sagte er leise. Er schob sein Kinn vor. „Und es hat doch auch funktioniert! Es hat dir gefallen."

Sie stand mit zitternden Beinen auf. „Wer bist du? Wer ist der echte Rico? Spielst du immer allen etwas vor?"

„Nein! Ich wollte doch nur das sein, was du wolltest."

„Ich will jemanden, der echt ist." Sie fuhr sich mit der Hand durchs Haar, während die Wut sie durchströmte. „Wie kann ich dir vertrauen, wenn alles, was du machst, eine sorgfältig geplante Show ist?"

Er stemmte seine Hände in die Hüften. „Worüber bist du denn so wütend? Dir hat doch alles gefallen, was ich gemacht habe." Er zählte seine guten Taten an den Fingern ab, als wäre es eine verdammte Checkliste zu dem Thema, wie man Samantha reinlegte. „Ich habe über Gefühle gesprochen. Ich bin mit dir einkaufen gegangen. Ich bin es langsam angegangen. Ich habe dich verwöhnt."

„Das war aus einem Buch?", rief sie, ihre Stimme nahm einen ungehaltenen Tonfall an. Sie konnte nicht anders. Gutsherr Laird Blackwood hatte ihr gerade den umwerfendsten Orgasmus ihres Lebens geschenkt.

Er zuckte die Schultern. „Normalerweise bin ich immer derjenige, der empfängt. Diese Liebesromane beschreiben einfach, wie man es für die Frau gut macht."

„O mein Gott!"

Er durchbohrte sie mit einem heißen Blick. „Jetzt sag mir nicht, dass das nicht der beste Orgasmus deines Lebens war."

„Das ist nicht – ist er nicht", stammelte sie.

Er lächelte sie arrogant an. „Das war er, nicht wahr?"

„Halt die Klappe!"

Sie lief ins Wohnzimmer und nahm ihren Mantel und ihre Handtasche. Sie konnte nicht fassen, dass sie wieder auf ihn hereingefallen war. Im Moment war sie wütender auf sich selbst als auf ihn. Sie hätte es besser wissen müssen. Alles hatte darauf hingedeutet.

Er trat zu ihr. „Verdammt, Samantha, du bist die schwierigste Frau, die ich je kennengelernt habe."

Sie warf ihm einen bösen Blick zu. „Und du bist der unehrlichste Mann, den *ich* je kennengelernt habe."

Sie fuhren in eisiger Stille zurück zu ihrem Haus. Die fröhlichen Weihnachtslieder im Radio gingen ihr auf die Nerven, denn sie machten sich über das lustig, was sie für einen wunderschönen Anfang mit dem romantischsten, liebevollsten Mann gehalten hatte, dem sie je begegnet war. *Ich werde nicht weinen. Ich werde nicht weinen.* Sie schaffte es noch bis in ihr Zimmer, bevor sie in Tränen ausbrach.

11

Als Rico am nächsten Abend ins Garner's ging, fühlte er sich am Boden zerstört, nein schlimmer. Er wusste immer noch nicht, warum ihm am vorigen Tag alles um die Ohren geflogen war. Er hatte doch alles richtig gemacht. Jedes verdammte Ding, das Frauen wollten, hatte er für Samantha getan. Und trotzdem war sie wütend auf ihn. Er konnte ihr einfach keine Freude machen. Gerade, als er dachte, er habe diese Liebessache kapiert, wurde ihm der Teppich unter den Füßen weggezogen. Eines war sicher, er würde von seinen Schwestern keinen Rat mehr annehmen. Was wussten sie schon? Sie waren verheiratet und hatten Kinder.

Er öffnete die Tür des Restaurants und achtete gar nicht auf den fröhlichen Weihnachtsschmuck und das glückliche Summen von Stimmen darin, sondern ging direkt zur Bar. Trav war da und wartete auf ihn. Er hatte seinen Freund angerufen, weil er nicht zu Hause sitzen wollte, wo ihn Erinnerungen an die nackte Samantha heimsuchten.

„Hey", sagte Trav und schob ihm ein Corona entgegen.

„Danke", sagte Rico.

„Kein Problem." Trav betrachtete seinen missmutigen Gesichtsausdruck. „Also, was ist schiefgelaufen? Erzähl's Trav, er weiß alles, sieht alles."

Rico schnaubte und trank einen langen Schluck von seinem Bier. „Ich dachte, ich hätte alles richtig gemacht."

„Tja." Trav nippte an seinem Bier. „Weißt du was? Vergiss sie." Trav nickte, als wäre er einer der Weisen. „Wo sie hergekommen ist, gibt es noch unzählige andere."

Rico schlug ihm fest auf den Arm. „Halt die Klappe!"

Trav lachte und klopfte ihm auf den Rücken. „Endlich hat bei dir die Liebe zugeschlagen. Tut verdammt weh, oder?"

„Verdammte Liebe."

„Ich wusste, sie trifft dich früher oder später."

Rico ließ die Schultern hängen. „Was soll ich denn nur tun?"

Trav trank noch einen Schluck von seinem Bier. „Ich werde dir sagen, was du *nicht* tun solltest. Lass sie zu dir kommen. Der *schlechteste* Rat aller Zeiten."

Rico schüttelte den Kopf. Das war der Rat, den er Trav gegeben hatte, als ihm Daisy nicht gleich um den Hals gefallen war. Glücklicherweise hatte Trav ihn ignoriert, und jetzt war er glücklich verheiratet.

Rico sah ihn an. „Und was ist der beste Rat?"

Trav nahm eine Handvoll Brezeln aus einer Schale auf der Bar. „Erzähl mir von deinem Problem, dann sage ich dir, wie du es lösen kannst."

Wenn es nur so einfach gewesen wäre. Es gab keine einfache Lösung. Er war fast die ganze Nacht wach gewesen, war ihre gemeinsame Zeit noch einmal durchgegangen, hatte sie von allen Seiten betrachtet. Er hatte wirklich alles richtig gemacht.

Er fuhr sich mit der Hand durchs Haar. „Ich weiß eben nicht, was das Problem ist! Das ist ja gerade so frustrierend. Ich sage dir, ich habe alles richtig gemacht."

Trav schüttelte den Kopf. „Wenn ein Typ denkt, dass er alles richtig gemacht hat, ist die Wahrscheinlichkeit groß, dass dem nicht so ist. Sag mir, was sie gesagt hat, den genauen Wortlaut."

Sein Bein zuckte. „Welchen Teil?"

Trav steckte sich eine Brezel in den Mund und kaute. „Den schlimmen Teil."

Rico stoppte sein Bein. „Ich habe ihr gesagt, dass sie die schwierigste Frau ist, die ich je getroffen habe, und sie sagte, ich sei der unehrlichste Mann, den *sie* je getroffen hat."

Trav hielt inne, die Bierflasche halb an seinem Mund. „Das ist hart."

„Ich weiß! Ich bin nicht unehrlich. Ich habe sie nie angelogen."

Trav warf ihm einen Blick zu. „Nein, Einstein, ich meine, dass du gesagt hast, dass sie die schwierigste Frau ist, die du je getroffen hast. Nicht gerade ein Liebessonnett von deiner Seite."

Rico runzelte die Stirn. „Und was ist mit dem, was sie gesagt hat?"

„Das ist auch hart. Verdammt, ihr seid beide echt gemein." Er nahm noch eine Brezel. „Ich beneide dich nicht."

Ricos Stimmung sank auf einen Nullpunkt. „Ich mich auch nicht."

Schweigend tranken sie ihr Bier. Trav sah sich das Eishockeyspiel im Fernsehen an, während Rico auf die Bar starrte und sich hoffnungslos fühlte. Verdammt. Warum hatte er sich nur in die schwierigste Frau der Welt verlieben müssen? Es ergab keinen Sinn. Er war ein Idiot. Dumm, dumm, dumm.

Travs Stimme brach in seine Gedanken. Rico hatte keine Ahnung, was er gerade gesagt hatte.

„Was?", fragte Rico.

Trav hob eine Braue. „Ich sagte, wenn du nicht gelogen hast, warum hat sie dann behauptet, dass du unehrlich bist?"

Rico spielte mit dem Etikett seiner Bierflasche. Er würde auf keinen Fall zugeben, dass er sich Tricks aus Frauenfilmen und Liebesromanen geklaut hatte. „Ich weiß nicht."

„Oh-oh."

Rico rollte seinen Nacken, um die Verspannung dort loszuwerden. „*Vielleicht* weiß ich es."

Trav grinste. „Erzähl."

„Diesen Mist werde ich dir nicht erzählen."

„Ooo-ho-ho, das wird ja immer besser." Trav lachte.

„Klappe."

Rico wandte sich wieder seinem Bier zu. Er sah sich die

Highlights aus dem Spiel an, doch er konnte nur an Samantha denken. Er hatte sie verloren. Sie würde ihm auf keinen Fall noch eine Chance geben. Beinahe jedes Date war in einem Desaster geendet. Es war hoffnungslos. Aus. Vorbei. Er seufzte frustriert und ließ seinen Kopf in seine Hände sinken.

Trav hatte Mitleid mit ihm. „Komm schon, so schlimm kann es doch nicht sein. Entschuldige dich einfach für was auch immer du getan hast, sag ihr, du wirst es nicht wieder tun, und bitte sie um noch eine Chance."

Er sollte sich dafür entschuldigen, dass er versucht hatte, ihre Träume wahr werden zu lassen, versprechen, es nie wieder zu tun und sie um noch eine Chance bitten? Warum um alles in der Welt sollte sie ihm dafür eine zweite Chance geben? Sie sollte doch wollen, dass er all ihre Träume wahrmachte. Das ergab überhaupt keinen Sinn.

Frauen waren so verdammt verwirrend.

~

Zwei Tage später schickte Rico alle Liebesromane an Elena und schrieb dazu: Die haben überhaupt nicht geholfen. Er konnte sie nicht eine Minute länger ansehen. Sie verhöhnten ihn mit ihrem heißen Sex und den Happy Ends. Er stieg in seinen Truck und fuhr nach Hause. Samantha wollte, dass er er selbst war? Er war ein Typ, der gerne Bier trank und sich die Knicks ansah. War es das, was sie wollte? Einen Männerabend, komme, was wolle?

Moment mal. Sie hatte gesagt, sie wollte, dass er er selbst war. Ohne wieder nachzudenken wendete er und fuhr nach Eastman, in Samanthas Richtung. Was hatte er schon zu verlieren?

Rico hielt sich nicht damit auf, Blumen zu kaufen oder sich den richtigen Text zu überlegen oder all das Zeug, von dem er gedacht hatte, er bräuchte es, um Samantha zu beeindrucken. Sie wollte, dass er der wahre Rico war, dann sollte sie das auch bekommen. Er parkte und ging zur Haustür, bevor er noch die Nerven verlor. Er klopfte an und wartete, hoffte, dass Samantha selbst an die Tür kam.

„Hallo Rico", sagte Mrs. Dixon mit einem breiten Lächeln im Gesicht. „Ich hatte es im Gefühl, dass du hier auftauchen würdest. Sie können sie bestimmt aufheitern."

„Ich werde es versuchen", sagte er.

„Sam, Rico ist hier, um dich zu sehen!", rief ihre Mutter die Treppe hinauf.

„Sag ihm, er soll verschwinden!", keifte Samantha.

Rico runzelte die Stirn. Mrs. Dixon schnaubte und ging zum Fuß der Treppe. „Du kommst jetzt sofort runter und hörst dir an, was er zu sagen hat."

„Er ist ein elender Schwindler, Ma!", rief Samantha. „Sag ihm, dass ich das gesagt habe."

„Ich kann dich hören!", rief Rico die Treppe hinauf.

Mr. Dixon kam in den Flur und schüttelte Rico die Hand. „Hallo Junge, wie geht's?"

Rico trat unbehaglich von einem Fuß auf den anderen, während er zwischen den Eltern der Frau stand, die er liebte und die verdammt gut darin war, ihm das Gefühl zu geben, dass er sich mieser als eine Kakerlake fühlte. „Könnte besser gehen. Können Sie Samantha bitten, herunterzukommen?"

Mr. Dixon hob einen Finger und ging hinauf.

Mrs. Dixon lächelte ihn an. „Wie geht es Ihrer Mutter?"

„Ihr geht es gut, danke!" Oben hörte er einen Streit. „Und wie geht's Ihnen?"

Sie wippte auf ihren Fersen vor und zurück. „Gut, gut. Machen Sie sich keine Sorgen. Sie wird schon herunterkommen. Sie ist einfach nur stur."

„Ach was", murmelte Rico.

Endlich kam Samantha gefolgt von ihrem Vater herunter, und Ricos Herz pochte wie wild. Sie trug eine Jogginghose und ein weites Sweatshirt, und ihr Haar hatte sie zu einem unordentlichen Knoten hochgeschlungen.

Sie hatte nie schöner ausgesehen.

～

„Okay, ich höre", sagte Samantha und verschränkte die Arme. Sie würde sich nicht noch einmal von diesem Schwindler einlullen lassen. Sie konnte nicht fassen, dass sie nach ihren Streitereien und den desaströsen Dates immer noch mit ihm ausgegangen war. Nachdem sie die letzten Tage herumgejammert hatte, hatte sie sich geschworen, jetzt in Liebesdingen schlauer zu sein und nicht einfach in irgendein La-La-Traumland abzudriften und zu glauben, sie könnte die Liebe finden, die es nur in Geschichten gab.

Ihre Eltern zogen sich zurück, verließen aber nicht den Flur.

„Wollen wir irgendwo hingehen, wo wir ungestört sind?", fragte Rico.

„Was immer du mir zu sagen hast, kannst du auch vor ihnen sagen." Sie sah zu ihren Eltern hinüber. „Ich möchte, dass sie mitanhören, womit ich es zu tun habe."

Ihre Eltern sahen Rico neugierig lächelnd an.

Rico räusperte sich, sah aus, als fiele es ihm nicht leicht. „Okay, hör zu. Ich habe versucht, dich mit all diesen romantischen Sachen zu beeindrucken, weil ich dachte, dass du das willst, aber du hattest recht, das war ich nicht."

Samantha schnaubte. „Ich wusste es!"

„Aber das hier bin ich", sagte Rico. „Ich möchte wirklich, dass du ein Teil meines Lebens bist. Ich kann nur noch an dich denken. Ob wir nun gut miteinander auskommen oder uns streiten, du bist immer da." Er tippte sich an den Kopf. „Ich dachte, ich hätte einen Herzinfarkt, denn immer, wenn du in meiner Nähe bist, schlägt mein Herz Purzelbäume oder es zieht oder es setzt ganze Schläge lang aus." Er rieb sich die Brust. „Selbst jetzt läuft es einen Marathon. Es ist Liebe. Der Arzt hat es mir gesagt."

Samanthas Brauen schossen in die Höhe. Sie öffnete ihre verschränkten Arme. Stimmte etwas nicht mit seinem Herzen oder sagte er, was sie dachte, dass er sagte? Sie versuchte, seinen Gesichtsausdruck zu analysieren. Er sah vollkommen ernst aus. Sie spürte, wie sie schwach wurde.

„Du bist zum Arzt gegangen?", fragte sie. Das musste ja eine merkwürdige Unterhaltung gewesen sein.

„Schhh!", zischte ihre Mutter. „Reden Sie nur weiter, Rico."

Er atmete tief ein. „Ich liebe dein Lächeln, dein Talent, deine Güte ..." Er unterbrach sich, und Samantha bemerkte, dass sie kaum atmen konnte, weil es sich so real anfühlte – diese Liebe, die auszudrücken er sich so sehr bemühte. Er breitete seine Arme aus. „Das ist mein wahres Ich, das zu deinem wahren Ich spricht. Nimm es oder lass es, mein wahres Ich möchte mit dir in einer Bar rumhängen, Bier trinken, Chicken Wings essen und ein Knicks-Spiel ansehen."

„Ich liebe die Knicks", sagte Samantha leise.

Voller Hoffnung erhellte sich sein Blick. „Wirklich?"

Sie nickte, während die Hoffnung auch sie durchströmte.

Er lächelte. „So was habe ich noch nie bei einem Date getan. Ich versuche nicht, dich zu beeindrucken. Ich lasse dich mein wahres Ich sehen, und ich hoffe, du magst es."

Samantha und ihre Mutter seufzten gleichzeitig.

„Lass den Jungen nicht hängen", sagte ihr Vater.

Samantha lachte. „Ich würde mir sehr gerne die Knicks mit dir ansehen."

„Ich wusste es! Mütter wissen es." Ihre Mutter wedelte mit dem Finger. „Ich habe es dir ja gesagt. Mütter wissen es."

Samantha verdrehte die Augen, dann ging sie zu Rico und nahm seine Hand. Es war ihr sogar egal, dass sie alte schäbige Klamotten trug. Wenn er er selbst sein konnte, dann konnte sie das auch. „Lass uns gehen."

12

———

Samantha stieg in Ricos Truck und lächelte vor sich hin. Endlich bekam sie den echten Rico. Und was sie bis jetzt gesehen hatte, gefiel ihr.

Er stieg ein und drehte den Zündschlüssel um. „Einen Moment lang dachte ich schon, ich würde mit deiner ganzen Familie auf ein Date gehen."

Sie lachte. „Tut mir leid, dass ich dich genötigt habe, das alles vor ihnen zu sagen."

Er bog in die Straße ein. „Ich verzeihe dir nur, weil du jetzt hier bei mir bist. Außerdem bin ich mir sicher, dass dir ein ähnlicher Spießrutenlauf bei meiner Mutter bevorsteht. Mein Dad ist kein Problem. Der mag jeden."

Plötzlich war sie besorgt. „Meinst du, sie wird mich mögen?"

Er drückte ihre Hand. „Ja, sie wird dich mögen. Sie wird dich verhören und deine gesamte Lebensgeschichte nach Anzeichen analysieren, vor denen ich besser davon flitzen sollte …" Er sah zu ihr hinüber und grinste. „Flitzer? Gibt es da was zu erzählen? Bitte sag ja."

Sie lachte. „Nein. Und ich bin noch nie nackt baden gegangen."

„Das können wir ändern. Ich hab eine Badewanne."

„Sag bitte nicht, dass es ein Whirlpool ist. Das wäre einfach so–"

„Playboymäßig", sang er. „Nein, es ist kein Whirlpool. Es ist eine" – er senkte schmunzelnd seine Stimme – *„Liebeswanne* für eine besondere Person mit Namen Samantha Dixon."

„Du bist einfach zu viel."

„Sag mir das hinterher", sagte er mit rauer Stimme, bei der sie erschauerte.

Sie legte die Beine übereinander, und er lachte. „Rache ist süß", sagte sie ihm.

Er legte eine warme Hand auf ihr Bein. „Ich kann es kaum abwarten."

Als sie im Garner's ankamen, hatte Samantha langsam das Gefühl, bei einem ersten Date zu sein, doch ohne die übliche Nervosität. Die Bar war warm und einladend und mit Tannengrün geschmückt und winzigen bunten Lichterketten, die an der Decke hingen. Rico schien sich in dem Moment, als sie das Haus ihrer Eltern verlassen hatten, entspannt zu haben. Er war warmherzig und lustig, und wenn er von Anfang an so gewesen wäre, hätte sie sich Hals über Kopf in ihn verliebt.

Mit dem Arzt hatte er sie erwischt. Sie konnte nicht fassen, dass er zu einem Arzt gegangen war, um seine Liebe diagnostizieren zu lassen. Sie hatte sich auch in ihn verliebt. Kein Mann hatte jemals so hartnäckig und auf so verrückte Weise versucht, mit ihr zusammen zu sein.

Die Chicken Wings kamen, und beide nahmen sich einen. Sie waren heiß, scharf und knusprig, genau, wie sie sie mochte.

Rico wischte sich den Mund mit einer Serviette ab. „Und, wie gefällt dir das Garner's?"

„Es gefällt mir. Die Wings sind auch gut."

Sie sahen sich das Knicks-Spiel an, aßen scharfe Chicken Wings, tranken kaltes Bier, und Samantha hatte noch nie ein besseres Date erlebt.

Rico wandte sich ihr wieder zu, als er seine Wings gegessen hatte. „Du bist ganz verschmiert." Mit seinem

Daumen wischte er über ihr Kinn, dann über ihre Unterlippe. „Verdammt, ich werde es dir einfach wegküssen." Er beugte sich vor und küsste sie und saugte ihre Unterlippe in seinen Mund. Hitze sammelte sich in ihrem Körper. Sie erwiderte seinen Kuss. Ihre Hände packten sein Hemd, und der Kuss wurde heiß und heftig.

Er löste sich von ihr. „Wollen wir gehen?"

Sie glitt vom Barhocker. „Ja."

Händchenhaltend verließen sie die Bar. Die Abendluft war kühl und klar. Die Main Street war mit weißen Lichterketten erhellt, die über die Straße gehängt waren. Weitere Lichterketten waren auf beiden Seiten der Straße um die Bäume geschlungen.

„Abends ist es hier so schön", sagte sie.

Rico blieb stehen und küsste sie kurz. „Du bist so schön. Und das ist kein Spruch."

„Oh, Rico!" Sie warf ihre Arme um seinen Hals.

Er legte seine Arme um ihre Taille und wirbelte sie herum.

Sie lachte. Er setzte sie ab, ließ sie jedoch nicht los. Er stand einfach nur da, seine Arme um ihre Taille, und lächelte sie an.

„Ich hätte mich nicht so sehr über deine Romantiknummern beschweren sollen", sagte sie. „Du hast es ja gut gemeint."

„Nein, du hattest recht. Ich habe mir Sprüche ausgeliehen und mich durchgemogelt. Aber jetzt kommt alles von Herzen."

Sie geriet ins Schwärmen. Und dann küssten sie einander erneut, mitten auf der Main Street, unter den funkelnden weißen Lichtern.

Schwer atmend löste er sich von ihr. „Zu mir?"

Sie strahlte ihn an. „Ja."

Hand in Hand gingen sie zu seinem Truck. Er zog die ganze   Tür-öffnen-und-leise-hinter-ihr-schließen-Nummer durch, und sie war froh zu sehen, dass seine guten Manieren nicht verschwunden waren. Das war so galant.

Seine Wohnung war nur eine kurze Fahrt entfernt. Sobald

er seine Wohnungstür geöffnet hatte, warf sie sich auf ihn, und er stolperte hinein.

„Du verlierst aber keine Zeit", bemerkte er grinsend.

Sie versuchte, ihn wie eine Feuerwehrstange zu bespringen. „Wir haben genug Zeit verloren."

„Samantha?"

Sie küsste an seinem Hals hinauf. „Hmm?"

Seine warmen, rauen Hände strichen unter ihrem Sweatshirt an ihrem Rücken hinauf und hinunter. „Ich will dich so sehr, aber ..." Er sprach nicht weiter, als sie an seinem Ohrläppchen saugte.

„Jetzt hast du mich doch", sagte sie, dann küsste sie ihn erneut.

Er stöhnte in ihren Mund und zog sie an sich. Doch er ging nicht Richtung Schlafzimmer und zog sich auch nicht aus, und genau das war das Problem.

Sie löste sich von ihm und sah ihm in die Augen. „Was ist denn los?"

Er schenkte ihr ein schnelles Grinsen. „Nichts, glaub mir. Ich bin bereit." Sie sahen beide auf die überaus ansehnliche Erektion hinunter, die sich in seiner Jeans abzeichnete. „Aber ich habe dir ein Lied geschrieben, und ich wollte unbedingt, dass du es hörst, bevor ... wir Liebe machen."

Liebe machen. O mein Gott, konnte er noch süßer sein? Sie lief zum Sofa und setzte sich. „Ich kann kaum erwarten, es zu hören."

Er ging zu seiner Gitarre, und sie seufzte glücklich. Das Gitarrenspiel war echt, und jetzt würde sie das erste Lied hören, das ihr je gewidmet worden war.

Er setzte sich neben sie aufs Sofa und zupfte ein paar Saiten, um die Gitarre zu stimmen. Er war so sexy, wenn er sich so über seine Gitarre beugte. Sie wartete darauf, dass seine melodische Stimme auf Spanisch sang.

Beh-beh-beh. Er sah sie an, als er anfing zu spielen. *Beh-beh-beh.* Der Rhythmus war schnell und laut. Sie setzte sich gerade auf. Rock'n'Roll. Dann schmetterte er den Text:

„Die Liebe traf mich wie ein Herzanfall
Ich dachte, es wär um mich geschehn

Samantha! Samantha!"

Sie schlug sich die Hand vor den Mund, hin- und hergerissen zwischen Weinen und Lachen. Das war nicht wie eins der anderen Lieder. Ihr traten die Tränen in die Augen. Und genau das machte es so besonders.

Er fuhr fort:

„Die Sache war schwer
Dann wurde sie hart
Samantha! Samantha!
Was würde ich tun ohne eine Frau wie dich
Kanns nicht erwarten, wie's weitergeht
Samantha! Samantha!"

Ihr Herz füllte sich mit Liebe, als er ihren Namen sang, sein Herz und seine Seele in das Lied fließen ließ. Er endete und wandte sich ihr zu. Sie biss sich auf die Lippe, um nicht zu weinen.

„Hat es dir gefallen?", fragte er.

Sie nickte und spürte, wie eine Träne über ihre Wange lief. „Es war wunderschön."

„Was ist denn los? Du weinst ja." Er legte die Gitarre ab und zog sie in seine Arme.

Sie lächelte durch die Tränen. „Ich bin einfach nur glücklich."

Mit dem Daumen wischte er ihr die Träne von der Wange und küsste sie zärtlich, dann zog er sie in eine feste Umarmung. Ihr ganzer Körper entspannte sich in seinen warmen, starken Armen.

Er löste sich von ihr, um sie anzusehen, streichelte ihre Wange. „Okay?"

Sie nickte. „Was hast du denn sonst noch aus diesen Liebesromanen gelernt?"

Er brach in Lachen aus. „Wonach ist dir denn so? Werwolfstyle, altmodisch schottisch, Dominanz eines Millionärs, ein geläuterter Bad Boy–"

Sie hob einen Finger. „Ich nehme den letzten."

Er grinste. „Er steht direkt vor dir."

„Du bist *kein* Bad Boy."

„Du hast gesagt, ich bin ein Playboy."

„Das warst du ja auch!"

„Nicht mehr." Er küsste sie sacht. „Nur du, Samantha, nur du."

„Ach, Rico", keuchte sie. „Genug geredet. Zieh dich aus. Jetzt!"

„Das ist doch mein Spruch", sagte er lachend. Er schob sie von seinem Schoß und stand auf. „Aber denk dran, du wolltest den Bad Boy", erinnerte er sie, während er sie aus ihrem Sweatshirt schälte.

Sie warf ihre Arme um ihn. „Das tue ich, ich tue es wirklich."

Und dann waren seine Hände überall, während sein Mund fest auf ihren gepresst war, Zugang verlangte, und sie öffnete sich für ihn. Seine Zunge stieß hinein, und sie verlor sich in seinem Geschmack, in den rauen Stoppeln, die sie kratzten, während seine warmen Lippen sie verschlangen. Ihr BH sprang auf, dann war er fort, und bevor sie noch Zeit hatte, ihm das Hemd auszuziehen, war seine Hand schon in ihrem Höschen. Seine Hand schob sich zwischen ihre Beine, presste gegen ihre Feuchtigkeit, und sie schnappte nach Luft. Dann zerrte er ihr mit einem schnellen Ruck das Höschen vom Leib, und sie riss die Augen auf.

Sie war vollkommen nackt, und er immer noch ganz angezogen.

„Zieh diese verdammten Klamotten aus", knurrte sie.

„Du willst es?", fragte er und zog sein Hemd aus.

Ihr Mund wurde trocken, als sie den vollen Effekt eines halbnackten Rico auf sich wirken ließ. Er war wie dieses Einhorn. Sie hatte nicht gewusst, dass es so schöne muskulöse Männer im wahren Leben gab. Sie fuhr mit einer Hand über einen warmen Brustmuskel und hinab zu seinen Bauchmuskeln. Er zog ein Kondom aus der Tasche und ließ seine Hose und Unterhose fallen. Sie vergab ihm, dass er das offensichtlich für diesen Abend geplant hatte, als sie sein ebenso offensichtliches, dickes, hartes Verlangen sah. Sie schluckte.

„Und das?", fragte er. Sie starrte auf seine kolossale Erektion, die das Kondom dehnte.

„Ja", hauchte sie.

Dann packte er sie, drehte sie herum und presste ihren Rücken gegen die Wand. Und dann gab es nichts als ihn, seinen Moschusduft, seine Haut, die auf ihrer brannte, seinen Mund, der sich auf ihren drückte. Er schob eine Hand unter ihren Po, hob sie hoch, und dann, mit einem festen Stoß, war er in ihr. Sie keuchte.

„Leg deine Beine um mich, Baby", säuselte er in ihr Ohr.

Das tat sie. Doch dann trug er sie zu ihrer Überraschung ins Schlafzimmer. „Ich dachte, du wolltest es mit mir an der Wand machen", sagte sie und versuchte, die Enttäuschung in ihrer Stimme zu verbergen.

Rico stöhnte und hielt sie fester. „Die Wand ist zu hart für dich. Ich will Seide an deiner Haut."

Dann waren sie im Schlafzimmer, und er schob die Tagesdecke beiseite, bevor er sie vorsichtig auf die seidene Bettwäsche legte. Sie fuhr mit ihren Händen über die Laken. Sie hatte noch nie einen Typen getroffen, der sein Bett mit Seide bezog. „Du hast Seidenlaken?"

Er beugte sich über sie, ließ sich zwischen ihren Beinen nieder. „Ich mag es auch weich."

Er küsste sie zärtlich, dann strich er mit der Nase über ihre Wange und ihren Hals.

„Das fühlt sich aber nicht nach Bad Boy an", schmollte sie. Er erstarrte.

Vielleicht hätte sie das nicht sagen sollen. Doch sie war so aufgeregt gewesen, dass sie endlich eine Erfahrung mit einem Bad Boy machen würde. Besser noch, mit einem Bad Boy, der ein zartes Herz besaß, die perfekte Kombination.

Er hob seinen Kopf, um ihr in die Augen zu sehen. Ein Lächeln umspielte ihre Lippen. Dann umfasste er ihr Gesicht mit einer Hand. „So fühlen sich Bad Boys an, wenn sie verliebt sind."

Ihr Herz zog sich zusammen. Sie spürte diese Liebe tief in ihrer Seele. Sie lächelte zu ihm auf. „Ich glaube, ich verliebe mich auch gerade in dich."

„Meinst du?"

„Vielleicht brauche ich einen Bad Boy, um mich zu überreden."

Er senkte seinen Kopf und knabberte an ihrer Unterlippe, und ihre Hoffnungen stiegen – der Bad Boy war wieder da. Er zog sich lang genug zurück, um sie weg vom Kopfteil zu ziehen, dann packte er ihr Bein und hob es über seine Schulter.

„Bad Boys mögen eine Frau, die beim Ritt mitgeht", sagte er ihr mit einem heißen Blick, bei dem sie vor Vorfreude pochte. Er hob ihr anderes Bein und legte es ebenfalls auf seine Schulter.

„Du redest zu viel", sagte sie, um ihn zu provozieren.

„Ich rede zu – Weib!" Er packte ihre Hüfte und stieß in sie hinein, hart und schnell, sodass ihr der Atem stockte. Die Position zwang sie, sich weit zu öffnen, und ergeben warf sie ihren Kopf zurück, als heiße Lustwellen sie durchfuhren, worauf sie ihre Finger in seinen Rücken grub. Ihre Nägel kratzten über seine Haut. Sie war wild auf ihn, während seine Stöße einen Lustpunkt in ihrem Inneren rieben, der sie in den Wahnsinn trieb. Ihr Stöhnen schien ihn anzutreiben, denn er stieß immer härter und schneller zu.

„Fass dich an", knurrte er.

Das tat sie, ohne zu zögern, sie war schon zu weit, um vor diesem Mann noch Schamgefühle zu haben. Er beobachtete sie, seine Augen vor Lust ganz glasig, während sie sich selbst Lust bereitete und er weiter tief und fest in sie hineinstieß. Sie stöhnte und beobachtete mit großen Augen ihren eigenen Sexgott, dem Orgasmus schon ganz nah.

„Komm für mich", befahl er.

Im nächsten Moment kam sie heftig, und der Raum verschwand aus ihrem Fokus, als die Lust durch sie hindurch brandete. Dann pumpte er einen gefühlt endlosen Lustritt in sie hinein, während ihr Inneres erneut prickelte und sich wieder verengte. Mit einem gutturalen Stöhnen erreichte er seinen eigenen Höhepunkt, und sie nahm jeden zitternden Stoß auf, bis ihr Körper nachgab, als sie plötzlich explodierte und dabei seinen Namen schrie.

So verharrten sie einen Moment lang, während sie noch von den Nachbeben erzitterte und er in ihr pochte. Er nahm ihre Beine von seinen Schultern und sackte neben ihr aufs Bett.

Er nahm ihre Hand. „War ich zu grob?"

Sie grinste. „Mir hat es gefallen. Das nächste Mal will ich Werwolfstyle."

Er stöhnte. Sie sah zu ihm hinüber. Seine Augen waren geschlossen, und er lächelte. „Du bringst mich noch um. Du bringst mich wirklich noch um."

„Der Arzt hat doch gesagt, dass es nur Liebe ist", neckte sie ihn.

Er öffnete seine Augen und durchbohrte sie mit seinem Blick. „Du hältst das wohl für lustig?"

Sie verkniff sich ein Lächeln. „Vielleicht ein bisschen."

Er packte sie und zog sie auf sich. Überrascht quietschte sie. Er küsste sie zärtlich. „Wenn ich mit dir fertig bin, lachst du nicht mehr."

Sie lächelte verschmitzt. „Das hoffe ich doch."

Er strich ihr die Haare hinters Ohr. „Ich liebe dich so verdammt sehr."

„Ich liebe dich auch. Küss mich, mein romantischer Held."

Das tat er, und er tat es aus richtiger, ehrlicher Liebe.

EPILOG

Rico nahm Samantha mit zur Weihnachtsfeier bei den O'Hares und fühlte sich, als hätte er im Lotto gewonnen. Samantha war perfekt für ihn. Erstens war sie ein Knicks-Fan, sie mochte Bier genauso wie Wein und hatte gern Spaß im Schlafzimmer. Er lächelte vor sich hin, als er an ihr letztes Millionär-Fessel-Abenteuer dachte. Sie war schön, klug, künstlerisch, liebevoll, die perfekte zukünftige Mutter für seine Kinder.

Wenn man bedachte, dass sie einander nie begegnet wären, wenn nicht ihre verrückten Mütter und die Kupplerin Maggie gewesen wären. Am liebsten wäre er auf die Knie gegangen und hätte ihnen vor Dankbarkeit die Füße geküsst.

Naja, vielleicht nicht ganz. Doch er hoffte, seiner Mutter die Hochzeit und die Enkelkinder zu schenken, für die sie gebetet hatte. Er drückte Samanthas Hand und küsste sie kurz, bevor er klingelte. Später würden sie zum Haus ihrer Eltern fahren.

Trav öffnete die Tür mit der Santamütze und dem Mistelzweig auf dem Kopf. „Ah, du stehst unter dem Mistelzweig", sagte er zu Samantha und beugte sich vor.

Rico rammte seine Hand in Travs Brust. „Denk erst gar nicht daran."

Trav lachte und machte Kussgeräusche in Ricos Richtung. Samantha kicherte.

Sie traten ein, und der Chihuahua kam angelaufen, den Reif mit dem Mistelzweig im Maul. Vermutlich hatte er vor, dieses entwürdigende Ding zu zerstören. Rico atmete den Duft von Tannengrün ein, von heißer Schokolade und Zimt. Maggie kam mit ihrer Santamütze und zwei weiteren in der Hand zu ihnen. Jeder trug eine Santamütze. Das war Weihnachtstradition.

Sie setzte ihm eine auf den Kopf und eine auf Samanthas. „Fröhliche Weihnachten, ihr Turteltäubchen!", rief sie. „Ich sehe euch an, dass ihr es gemacht habt, ihr glüht ja geradezu."

Samantha wurde leuchtend rot. Rico lachte.

Dieses Mal waren es nicht die Chipmunks, die Weihnachtslieder trällerten, sondern Julio Iglesias – Jorge musste wohl die Musik ausgesucht haben –, während alle im gemütlichen Wohnzimmer am knisternden Feuer saßen. Es gab Eierpunsch, Glühwein und heiße Schokolade, aus der Pfefferminzstäbchen herausragten. Alle seine Lieblingsmenschen waren da, seine zweite Familie – Maggie und Jorge, Trav und Daisy, Ryan und Liz, Shane und Rachel. Travs Sohn, Bryce, saß auf dem Boden und hämmerte wie verrückt auf einer Spielzeugtrommel herum.

„Unser kleiner Trommler", sagte Daisy lächelnd.

Rachel reichte Rico ein verpacktes Geschenk. „Erst zu Hause auspacken", sagte sie zwinkernd. „Das ist das, worüber wir gesprochen haben."

Es hatte die Form eines Buches. Er spürte, wie er rot wurde. Es war eine Sache, dass Samantha wusste, dass er Liebesromane las, doch es war so sicher wie das Amen in der Kirche, dass er nicht wollte, dass das die Runde machte.

„Danke", murmelte er und ließ es schnell in der Innenseite seiner Jacke verschwinden, außer Sichtweite der anderen.

Als er zurück ins Wohnzimmer kam, wurde die Party für die Vorspeise ins Esszimmer verlagert. Wenn Shane kochte, war das Essen für Feinschmecker – ein Dip aus gebackenen Artischocken, Caesar Salad auf Knoblauchtoast, Shrimps mit

einem würzigen Dip, Nüsse gewürzt mit Zucker und Zimt,
frittierte Risottobällchen mit getoasteten Pistazien, Käsetört-
chen. Shane erklärte, was alles war, bevor sie sich bedienten.
Rachel blieb in einer Ecke, weit weg vom duftenden Essen,
und lutschte an einem Pfefferminzstäbchen.

Nachdem sich alle mit ihrem Essen an den Tisch gesetzt
hatten, gesellte Shane sich zu Rachel auf der anderen Seite
des Raumes.

„Wir müssen euch etwas erzählen", sagte Shane.

„Ich bin schwanger!", rief Rachel.

Alle klatschten und beglückwünschten das glückliche
Paar, obwohl keiner von ihnen überrascht war.

„Wann ist der Termin, Liebes?", fragte Maggie.

„Am siebten August", sagte Rachel.

„Liz", sagte Ryan.

„Das ist jetzt keine gute Zeit", sagte Liz und strich sich die
Haare hinter die Ohren. „Herzlichen Glückwunsch, Leute, ich
freue mich so für euch."

„Danke", sagten Rachel und Shane gleichzeitig. Shane
beugte sich vor und küsste seine Braut.

„Liz", sagte Ryan nun eindringlicher.

„Nein", zischte Liz aus dem Mundwinkel. Sie lächelte
sonnig. „Esst nur alle weiter."

Niemand aß. Alle starrten Liz an. Sie verdrehte die Augen
und warf Ryan einen finsteren Blick zu. Er grinste.

„Sag es uns", sagte Maggie. „Die Spannung bringt mich
um. Du willst doch nicht an Heiligabend für meinen Tod
verantwortlich sein!"

Liz schüttelte den Kopf. „Okay, okay! Nachdem wir lange
nachgedacht haben, haben Ryan und ich entschieden, eine
Familie zu gründen."

Alle klatschten und gratulierten dem Paar.

„Liz", warnte Ryan sie. „Wenn du es nicht sagst, mach
ich das."

Sie warf ihre Hände in die Höhe. „Okay, schön! Ich bin
auch schwanger!"

Maggie jubelte. „Danke, Santa!"

Alle lachten. Ryan legte einen Arm um Liz und küsste ihre Wange.

„Moment mal, wann ist dein errechneter Termin?", fragte Rachel.

„Ich habe es um das Schuljahr herum geplant, damit ich meine Klasse nicht verlassen muss", sagte Liz. Sie war Lehrerin im dritten Schuljahr an der Clover Park Grundschule. „Der Termin ist der siebenundzwanzigste Juni."

„Erzähl ihnen, was du nicht geplant hast, Liebling", sagte Ryan.

„Zwillinge!", rief Liz. Sie schüttelte den Kopf. „Ich kann mich da wohl auf was gefasst machen."

„Masel tov!", rief Rachel. Liz sprang auf, und sie umarmten einander.

Rico hatte das Gefühl, dass seine Kehle sich zuschnürte. Er nahm Samanthas Hand und drückte sie. Alle waren bester Stimmung, während sie sich unterhielten und lachten und aßen, voller Hoffnung für die Zukunft. Das rührte Rico. Er wollte das für sich und Samantha auch. Bald.

Nachdem sie zu Ende gegessen hatten, gingen alle zurück ins Wohnzimmer, plauderten und lachten. Rico zog einen Sessel herbei und setzte sich mit Samantha neben den glänzenden Weihnachtsbaum, denn er wollte sie für sich haben.

„Ich muss dich warnen", sagte er. „Meine Mutter kommt zu Silvester hierher, um dich kennenzulernen."

Samantha lächelte, und sein Herz zog sich zusammen. „Perfekt. Dann kann meine Mutter ihr meine Aussteuer geben."

Er bekam große Augen. „Du hast eine Aussteuer?"

„Offensichtlich."

„Dann sollten wir definitiv heiraten." Und da, genau in diesem Moment, erfüllt vor Liebe für sie und umgeben von den Freunden, die er liebte, ging Rico auf ein Knie. Denn wenn es richtig war, war es einfach richtig. Auch wenn sie sich erst vor ein paar Wochen kennengelernt hatten. Es war *destino*.

„Rico, was tust du da?", rief Samantha. Doch dann traten ihr Tränen in die Augen, und er wusste, dass sie ihm gehörte.

Alle verstummten. Alles, was jetzt noch zu hören war, war die leise Weihnachtsmusik und Bryce, der mit seiner Trommel spielte.

„Leise, Bryce", sagte Maggie. „Hier, spiel damit."

Im Raum wurde es still. Alle blickten ihn an.

Er nahm ihre Hand. „Samantha, ich liebe dich von ganzem Herzen. Willst du mir die Ehre erweisen und meine Frau werden?"

Sie sprang auf. „Ja!"

Alle jubelten. Tränen brannten in seinen Augen, doch es waren Freudentränen. Er stand auf und küsste ihre lächelnden Lippen, dann nahm er sie ganz fest in seine Arme. Das war die Art von Liebe, die blieb. Das war ihr eigenes Glücklich bis an ihr Lebensende. Und er hätte keine bessere Frau auswählen können, selbst wenn er es gewollt hätte.

Was er nicht tat. *Danke, Ma!*

Verpassen Sie auch nicht das nächste Buch in der Serie, *Vermieter küsst man nicht,* in dem es um Shane O'Hares Freund Gabe Reynolds geht, und erfahren Sie auch Neuigkeiten über die O'Hare Familie!

Jazz-Sängerin Zoë Davis hat nach einer winzigen, unbedachten Affäre mit ihrem Vermieter die Kündigung bekommen. Als ihr Gabe Reynold daraufhin die Wohnung über seiner Garage anbietet, hat Zoë ihre Lektion gelernt und wird sich hüten, noch einmal etwas mit einem Vermieter anzufangen – ganz gleich, wie heiß er ist.

Der ehemalige knallharte Rechtsanwalt Gabe kehrt nach Clover Park zurück, um ein stressfreies Leben zu führen und sich dort des Marktes lächerlicher „Rechtsfälle" zu widmen. Als Zoë ihn um juristischen Rat bittet, ist Gabes Lösung für ihr Problem auch ein Schock für ihn.

Gabe hat jeden Grund, irgendetwas von Dauer zu vermeiden; als Zoë ihm also sagt, dass sie nur einen Monat bleiben würde, hält er das für eine perfekte Situation. Doch wenn die Leidenschaft derart heiß auflodert, muss sich jemand die Finger verbrennen.

Abonniere meinen Newsletter & verpasse keine meiner Neuerscheinungen: kyliegilmore.com/DEnewsletter

WEITERE BÜCHER VON KYLIE GILMORE

Happy End Buchblub Reihe

Hollywood Inkognito (Buch 1)

Ärger im Anzug (Buch 2)

Gewagtes Spiel (Buch 3)

Förmliche Vereinbarung (Buch 4)

Wenn der Bad Boy keiner ist (Buch 5)

Ein Störenfried zum Verlieben (Buch 6)

Schicksalsbegegnungen (Buch 7)

Eine Romantische Chance (Buch 8)

Ein sündhafter Flirt (Buch 9)

Ein unbequemer Plan (Buch 10)

Eine Happy End Hochzeit (Buch 11)

Die Clover Park Reihe

Das Gegenteil von wild (Buch 1)

Daisy schafft alles (Buch 2)

In den Falschen verguckt (Buch 3)

Ein Weihnachtsmann zum Küssen (Buch 4)

Vermieter küsst man nicht (Buch 5)

Nicht mein Romeo (Buch 6)

Bring mich auf Touren (Buch 7)

Clover Park Braut (Buch 7.5)

Gewagte Verlobung (Buch 8)

Retter in der Not (Buch 9)

Eine verführerische Freundschaft (Buch 10)

Ein Geschenk zum Valentinstag (Buch 11)

Raus aus der Tretmühle (Buch 12)

Die Clover Park STUDS Reihe

Almost Over It (Book 1)

Almost Married (Book 2)

Almost Fate (Book 3)

Almost in Love (Book 4)

Almost Romance (Book 5)

Almost Hitched (Book 6)

Die Rourkes Reihe

Königlicher Fang (Buch 1)

Königlicher Hottie (Buch 2)

Königlicher Darling (Buch 3)

Königlicher Charmeur (Buch 4)

ÜBER DIE AUTORIN

Kylie Gilmore ist die USA Today Bestsellerautorin der Happy End Buchclub Reihe, der Clover Park Reihe, der Clover Park STUDS Reihe und der Rourke Reihe. Sie schreibt unterhaltsame Romanzen, die die LeserInnen zum Lachen und zum Weinen bringen und zu einem Glas Eiswasser greifen lassen.

Kylie lebt mit ihrer Familie, zwei Katzen und einem verrückten Hund in New York. Wenn sie nicht gerade schreibt, Kinder bändigt oder bei Autorenkonferenzen pflichtbewusst Notizen macht, findet man sie beim Stretching – bis ganz nach oben ins oberste Regal, um dort ihren geheimen Schokoladenvorrat zu erreichen.